Brigitte Blobel
Neues vom Süderhof –
Die Nesträuber

omnibus

Foto: © Holger-Andre.de

DIE AUTORIN

Brigitte Blobel, 1942 in Hamburg geboren, studierte Theaterwissenschaften und Politik und arbeitete in Frankfurt bei Associated Press. Neben ihrer Tätigkeit als freie Journalistin und Drehbuchautorin hat sie zahlreiche Bücher für Jugendliche und Erwachsene geschrieben, die bereits mehrfach ausgezeichnet und in 14 Sprachen übersetzt wurden.

Folgende Süderhof-Bände sind
bei OMNIBUS erschienen:

Das Versteck hinterm Deich (27046)
Gefährliche Jagd (27047)
Wo ist Ben? (27048)
Das Pferderennen (27049)
Sturmflut (27050)
Das Wrack der vergessenen Tiere (27051)
Der Feuerteufel (27052)
Molle darf nicht sitzen bleiben (27053)
Die Zauberkugel (27054)
Der Schuldieb (27056)
Kamera läuft (27057)

Bei cbj ist von derselben Autorin
erschienen:

Herz im Gepäck (12953)
Roter Zorn (12954)

Brigitte Blobel

Neues vom Süderhof –
Die Nesträuber

omnibus

OMNIBUS
ist der Taschenbuchverlag für Kinder
in der Verlagsgruppe Random House

FSC
Mix
Produktgruppe aus vorbildlich
bewirtschafteten Wäldern und
anderen kontrollierten Herkünften

Zert.-Nr. SGS-COC-1940
www.fsc.org

Verlagsgruppe Random House FSC-DEU-0100
Das für dieses Buch verwendete FSC-zertifizierte
Papier *Munken Print* liefert Arctic Paper
Munkedals AB, Schweden.

1. Auflage
Erstmals als OMNIBUS Taschenbuch Februar 2007
Gesetzt nach den Regeln der Rechtschreibreform

Der Titel »Neues vom Süderhof – Die Nesträuber«
erschien erstmals 1990 im Pelikan Verlag, Hannover.

Umschlagbild: Silvia Christoph
Umschlagfoto: Ralf Kreuels
Umschlagkonzeption:
Basic-Book-Design, Karl Müller-Bussdorf
he · Herstellung: CZ
Satz: Uhl + Massopust, Aalen
Druck und Bindung: GGP Media GmbH, Pößneck
ISBN: 978-3-570-27055-4
Printed in Germany

www.omnibus-verlag.de

1. Kapitel

»Ein Seeadler! *Wow!!!* Leibhaftig ein Seeadler!«

Dany sprang vom Fahrrad, ließ es einfach fallen und raste den Deichhang hinunter zum Strand. Anuschka, der fröhlich japsend neben Danys Fahrrad hergelaufen war, machte einen Salto mortale über den Vorderreifen und schüttelte, als er wieder auf seinen Beinen stand, verdutzt den Kopf. Seine Ohren schlackerten wie Windmühlenflügel, als er nach Dany Ausschau hielt.

Der Junge stand breitbeinig auf dem nassen Sand und schirmte mit den Händen die Augen ab, um besser sehen zu können. Er hatte den Kopf weit in den Nacken gelegt und verfolgte atemlos vor Bewunderung die Gleitflüge des majestätischen grauen Vogels, der über dem Meer kreiste.

Plötzlich verharrte der Seeadler im Flug und im gleichen Augenblick ließ er sich senkrecht hinunter aufs Meer fallen, mit ausgestreckten Krallen, eine Welle schlug über ihm zusammen und einen Atemzug später tauchte er schon wieder auf, in seinen Fängen zappelte ein riesiger silbrig glänzender Fisch.

»Er hat ihn! Er hat ihn gekriegt! Mann, damit kann er ja seine ganze Familie ernähren! Der wiegt ja mindestens zehn Kilo! Das ist ja ein Riesenfisch!«

Dany verfolgte mit den Augen den Raubvogel, der flach über den Wellenkämmen der anrollenden Flut entlangglitt und schließlich hinter den Klippen verschwand.

Er war so ergriffen, dass er noch eine Zeit lang reglos stehen blieb. Erst als Anuschka an ihm hochsprang und winselte, kam Dany wieder zu sich.

»Das war ein Seeadler, Anuschka«, sagte Dany. Er zeigte in den

Himmel, der voller grauer Wolken war. »Er hat einen Fisch gefangen.« Und er deutete auf das Meer, kraus und stürmisch.

Anuschka setzte sich auf die Hinterbeine, legte den Kopf schief und bellte. Er verstand gar nichts. Anuschka interessierte sich nicht im Geringsten für Vögel, nicht einmal für so seltene Exemplare wie Seeadler. Das einzige Federvieh, dem er eine Art Hassliebe entgegenbrachte, waren Hühner. Er liebte es, die Hennen über die Dorfstraßen zu jagen, und das verzweifelte Gackern und das wütende Krähen der Hähne bereiteten ihm ein solches Vergnügen, dass er es gar nicht oft genug hören konnte.

Manchmal begab Anuschka sich vom Süderhof auf die Landstraße, um seelenruhig ins Dorf zu spazieren – ganz allein aus dem Wunsch, einmal wieder ein paar dumme Hühner zu jagen …

Aber Seeadler? Was sollte das sein?

Etwas weiter entfernt am Strand hockten ein paar Möwen mit eingezogenen Köpfen auf den Bohlen, die wie Baumstümpfe aus dem Meer herausragten. Nur um Dany einen Gefallen zu tun, raste Anuschka auf die Möwen zu. Er machte ein finsteres Gesicht, fletschte die Zähne und bellte, aber die Möwen reckten nur kurz ihren Kopf, schauten Anuschka an und schliefen weiter.

Anuschka bremste seine Attacke, als das kalte Meerwasser seine Pfoten umspülte und die ersten Schaumkronen über seine Schnauze schwappten. Reumütig, mit eingekniffenem Schwanz, kehrte er zu Dany zurück und warf sich neben ihm in den Sand.

Dany war noch immer ganz ergriffen vom Anblick des Seeadlers. »Ich muss das sofort den anderen berichten!« Er stieß Anuschka mit der Fußspitze an. »Komm, wir fahren zurück zum Süderhof! Ein Seeadler, das ist eine echte Sensation! Ich hab nie geglaubt, dass ich mal einen zu Gesicht bekommen würde! Schade, dass ich keinen Fotoapparat dabeihatte.« Sie stürmten den Deichhang hoch. Dany hob das Fahrrad auf, putzte den Schlamm vom Lenker und radelte los. Anuschka hechelte hinterher.

»Einen Seeadler?« Dr. Brendel runzelte die Stirn. »Bist du sicher, dass es ein Seeadler war?«

»Ganz sicher.« Dany stand vor dem Schreibtisch von Dr. Brendel; er hielt sein Vogelkundebuch in der Hand und deutete auf die Abbildung. »Genauso sah er aus. Grau und mit riesigen Schwingen, die am Ende genauso gezackt waren.«

»Mhmh.« Dr. Brendel schaute das Foto an. »Und wie groß war das Tier ungefähr?«

Dany überlegte. »Kann man schlecht sagen. Bestimmt einen Meter groß. Mit ausgebreiteten Flügeln zwei Meter, schätze ich. Wirklich riesig. Wirklich, ganz unheimlich imposant sah der Vogel aus. Einen Augenblick hat er mir in die Augen geschaut. Wahnsinn! Aber er hat sofort gemerkt, dass ich kein Feind bin.«

Dr. Brendel, der gerade eine Gewebeprobe unter dem Mikroskop besichtigte, stand auf und ging zu dem Tischchen, auf dem er seine Notizen verstreut hatte.

»Merkwürdigerweise habe ich gerade heute einen Anruf von der Vogelschutzwarte bekommen. Einen Anruf, der mich sehr zornig gemacht hat. Warte mal, wo hab ich die Notizen … ich habe doch …« Vor sich hin brummelnd, wühlte er in seinen Papieren, während Dany einen Blick durch das Mikroskop riskierte. Da wimmelte und wuselte winziges Getier auf dem kleinen Glasplättchen. »Was ist das, Onkel Günter?«

»Salmonellen«, antwortete der trocken. »Geh lieber weg da. Das Zeug ist verdammt gefährlich … warte … jetzt hab ich es … also, die neue Leiterin der Vogelschutzwarte, Frau Dr. Hildegard Björnson, hat mich heute Morgen angerufen. Sie hat den Posten erst vor vier Wochen angetreten und wollte sich eigentlich persönlich vorstellen. Aber es sei alles gleich drunter und drüber gegangen, sagt sie.«

Dany war nicht sicher, ob er sich für Dr. Hildegard Björnson interessierte, aber er hörte trotzdem zu. Wenn Dr. Brendel sich schon einmal Zeit nahm, mit ihm zu reden, durfte man nicht unhöflich sein.

Das Fenster zum Hofplatz stand offen, und man hörte das scharfe Geräusch des Wasserstrahls, den Kalle auf den Mercedes des Tierarztes gerichtet hatte. Einmal im Monat wurde das Auto von all dem Lehm und Schlamm gereinigt, der bei den Überlandfahrten an und unter der Karosserie so hängen blieb. Kalle schimpfte bei der Arbeit wie ein Rohrspatz, aber immer im plattdeutschen Dialekt. Dany lebte nun schon eine ganze Weile auf dem Süderhof, aber er konnte Kalle immer noch nicht verstehen, wenn der plattdeutsch redete.

»... jetzt hat sie also keine Zeit gehabt, sich vorzustellen ...«

»Wer?«, fragte Dany. Seine Gedanken waren inzwischen weit weggewandert.

»Hörst du mir nicht zu?« Dr. Brendel warf Dany einen gereizten Blick zu. »Ich spreche von der Leiterin der Vogelschutzwarte.«

Dany bekam einen roten Kopf. »Natürlich. Ich hab zugehört. Klar, ich weiß Bescheid ...«

»Heute Morgen haben sie festgestellt, dass zwei Eier aus den Horsten verschwunden sind.«

»Was?« Dany kapierte überhaupt nichts. »Zwei Eier? Was denn für Eier?«

»Seeadler-Eier, mein Junge. In den nächsten Tagen sollten sie ausschlüpfen. Drei Adlerhorste sind hier eingerichtet, für drei Seeadler-Pärchen, die man hier angesiedelt hatte ... Ich hoffe, du kannst dich wenigstens daran erinnern. Ich habe es gestern beim Abendessen erzählt!«

»Klar.« Dany nickte heftig. »Ich weiß genau. Ich kann mich an alles erinnern ... deshalb wusste ich ja auch gleich, dass dieser Vogel ein Seeadler ist.«

»In einem Nest waren drei Eier, in einem eins und in dem anderen zwei. Macht zusammen sechs Eier. Also sechs Jungvögel, die in den nächsten Tagen ausgeschlüpft wären. Und nun hat man zwei Eier gestohlen.«

»Gestohlen?«, rief Dany. »Wer macht denn so was?«

Dr. Brendel seufzte. »Es gibt so viele Idioten auf der Welt. So viele Spinner, weiß du, Leute, die alles sammeln und die einen Haufen Geld dafür zahlen. Zum Beispiel für Seeadler-Eier. Ich wette, auf dem Schwarzmarkt zahlt man für so eine Rarität ein paar tausend Euro.«

Dany starrte Dr. Brendel an. »Aber ... aber ich meine, die sind doch angebrütet ... da könnte doch sozusagen im nächsten Augenblick schon ein kleiner Vogel rauskommen ...«

»Das ist ja die Sauerei. Das ist einfach ungeheuerlich. Und dann haben sie auch noch das Nest geplündert, in dem nur ein Ei lag. Für die Vogeleltern eine Katastrophe. Niemand weiß, wie Seeadler-Paare auf so was reagieren ...«

Dr. Bendel schüttelte nachdenklich den Kopf. »Diese Frau Dr. Björnson hat mich eben angerufen, um mich zu informieren. Falls auf einmal jemand auftaucht mit einem eben ausgeschlüpften Jungen und so tut, als habe er das Ei irgendwo gefunden ...« Er lächelte hilflos. »Natürlich wird das nie passieren. Der verdammte Räuber ist mit seiner Beute über alle Berge und wird nie geschnappt.«

Dany stellte sich das Seeadler-Pärchen auf dem Horst vor, irgendwo in der Spitze einer uralten Eiche. Zwei schöne große Vögel, stolze Eltern. Er stellte sich vor, dass vielleicht sogar der Vogel, den er beobachtet hatte, den Fisch in dieses Nest zurückbringen wollte, zu seiner Frau, die jetzt im Nest hockte und ganz durcheinander war, weil es nichts mehr zu bebrüten gab ... Ein ungeheuerer Zorn stieg in ihm auf.

»Da muss man doch etwas tun!«, rief er. »Das können wir doch nicht einfach so hinnehmen, Onkel Günter.«

In diesem Augenblick steckte Bimbo den Kopf durch das Fenster. »Schrei nicht so, Dany«, rief sie fröhlich. »Du weckst ja die Regenwürmer auf.«

Als Dany nicht reagierte, fragte sie argwöhnisch: »Was ist los? Ihr macht beide so ein komisches Gesicht.«

»Wir haben eben auch über etwas Komisches gesprochen«, sagte Dany. »Das heißt, komisch ist nicht das richtige Wort. Wir haben über eine ungeheure Schweinerei gesprochen.«

»Was? Eine Schweinerei? Wo ist eine Schweinerei?« Peggys Kopf tauchte neben Bimbos auf.

Dr. Brendel kehrte zu seinem Mikroskop zurück. Er verstellte die Lampe so, dass er besser sehen konnte, und winkte Dany aus dem Raum. »Erklär du es den anderen, Dany, sei so gut. Und mach das Fenster zu oder sag Kalle, er soll aufhören, das Auto zu waschen. Bei diesen nassen Wegen ist es morgen gleich wieder dreckig. Das Geräusch macht mich einfach nervös.«

»Es ist nicht das Geräusch«, wisperte Bimbo, als Dany ihr das Fenster vor der Nase zuschlagen wollte. »Daddy ist die ganze Zeit nervös. Seit Tagen schon. Man kann überhaupt nicht mit ihm reden.«

Dany zog eine Grimasse und schloss das Fenster. Er ging auf Zehenspitzen aus dem Raum.

Draußen warteten Bimbo und Peggy auf ihn.

»War er freundlich?«, fragte Bimbo.

»Wer?«

»Na, Daddy. Als ich heute Mittag in die Klinik kam, bloß weil ich eine Unterschrift unter meine Arbeit haben wollte, ist er fast ausgerastet. Geh zu deiner Mutter, hat er gerufen, dabei weiß er genau, dass Mami zurzeit überhaupt nicht ansprechbar ist. Die kommt aus ihrem Studio überhaupt nicht mehr raus. Und dabei weiß ich genau, dass sie mit ihrem Buch fertig ist und jetzt nur an so einem dummen Artikel für eine Eltern-Zeitschrift arbeitet.«

»Der Haussegen hängt schief«, warf Peggy achselzuckend ein.

»Das soll in den besten Familien vorkommen. Wir tun einfach so, als wenn wir nichts merken, und hast-du-nicht-gesehen ist es schon wieder vorbei.«

»Und alles Friede-Freude-Eierkuchen.« Bimbo verzog das Gesicht. »Ich bin nicht sicher, dass das dieses Mal so einfach geht. Irgendetwas ist anders … ich weiß nur nicht, was.« Grübelnd schaute sie Kalle zu, der gerade mit dem scharfen Strahl des Gartenschlauches den Unterboden des Autos abspritzte. Dany rannte zu ihm. »Kalle, du sollst damit aufhören.«

»Wat. Wieso datt denn? Seit wann secht mir son lütten Knirps wie du, wann ich upphör'n soll?«

»Ich sag ja nur, was der Doktor gesagt hat.«

»Ach so. Der Chef. Immer noch 'n büschen nervös, was?«

Kalle drehte den Wasserhahn zu und begann, den Schlauch aufzurollen. »Is auch recht. Dann heb ich eher Feierabend.«

Als Kalle in der Scheune verschwand, um seine Gummistiefel auszuziehen, drehte Dany sich zu Bimbo und Peggy um. »Habt ihr schon gehört?«

»Was?«

»Das mit dem Seeadler.«

»Ich hab keine Ahnung, was mit einem Seeadler ist.«

»Mit den Seeadler-Eiern, meine ich.«

»Vielleicht erzählst du es mal«, meinte Peggy spitz. Sie hasste es, wenn ihr Bruder sie so auf die Folter spannte. »Anstatt dich in Andeutungen zu ergehen. Ist das die Schweinerei, von der du mit Onkel Günter vorhin gesprochen hast?«

»Genau. Und zwar eine riesige gemeine Sauerei.«

Dany erzählte, was er wusste. Und er erzählte natürlich auch lang und breit, dass er höchstpersönlich einen Seeadler gesehen habe und wie der einen Fisch gefangen hat, einen großen silbrig glänzenden Fisch. »Toll hat das ausgesehen«, schwärmte Dany, immer noch ganz ergriffen.

»Und der arme Fisch hat dir überhaupt nicht leid getan?«

Peggy schauderte, als sie an den zappelnden halb toten Fisch im Schnabel des Vogels dachte.

»So ist das Leben«, sagte Dany. »Das ist die Natur. Seeadler sind Raubvögel. Die müssen sich von Fischen und anderen Vögeln ernähren. Das kann man doch nicht schlimm finden.«

Bimbo marschierte im Kreis um die beiden herum. Sie hatte den Kopf gesenkt und drehte nachdenklich mit den Fingern in ihren Haarlocken. Das tat sie immer, wenn sie sich auf etwas konzentrierte. Plötzlich hob sie den Kopf.

»Ist so ein Nesträuber wohl ein richtiger Verbrecher?«

»Wie meinst du das?«, fragte Peggy verdutzt.

»Na, ich meine, kommt der ins Gefängnis für so etwas? Kommt der vor ein richtiges Gericht, vors Amtsgericht, wo ein Richter im schwarzen Talar sitzt und sagt: fünf Monate Gefängnis oder so was? Oder ist er gar kein richtiger Verbrecher, wenn er Vogeleier aus einem Nest klaut?«

»Darüber habe ich noch nicht nachgedacht.« Dany kratzte seinen Kopf. »Aber eine interessante Frage.«

»Ich schätze, er ist doch ein richtiger Verbrecher«, sagte er nach einer Weile, »weil Seeadler ja unter Naturschutz stehen. Das heißt, man darf sie weder fangen noch schießen, man darf sie nicht einmal bei der Brut stören …«

»Wenn es ein Gesetz gibt und er gegen das Gesetz verstößt, ist er ein Verbrecher«, sagte Peggy. »Ist doch logisch.«

»Ja, aber wenn es nun ein Tierschutzgesetz ist oder ein Naturschutzgesetz?« Bimbo überlegte. Sie drehte noch mehr Kringel in ihre Haare und zupfte sie dann wieder glatt. »Mich würde das wirklich mal interessieren.«

»Und was findest du an dieser Frage so spannend?«, fragte Dany.

»Weil es einfach mehr Spaß macht, einen richtigen Verbrecher zu schnappen, als einen, der bloß irgendwie eine Dummheit begangen hat.«

Dany feixte. »Aha. Typisch Bimbo. Sie sieht sich schon wieder in der Rolle des Sheriffs. Du denkst wohl, der Nesträuber läuft dir so einfach über den Weg, was? Sitzt vielleicht gerade in seinem blauen Caravan und biegt in die Einfahrt zum Süderhof ein, macht ein harmloses Gesicht und fragt: Wo ist denn hier der Tierarzt?«

»Klar«, sagte Bimbo. »Genau so blöde stell ich mir das vor. Sag mal?« Sie boxte Dany in die Rippen. »Du hältst mich wohl für total bescheuert, wie?«

In diesem Augenblick hörten sie ein Motorengeräusch. Und wenig später bog ein grüner Lieferwagen in die Einfahrt zum Süderhof, umkreiste den Brunnen und Anuschka, die zusammengerollt einen verspäteten Mittagsschlaf hielt, und bremste. Der Motor wurde abgestellt und ein Mann mit rotem Gesicht und einer gelben Schirmmütze stieg aus dem Auto. Er trug Jeans mit einem breiten, nietenbeschlagenen Ledergürtel und Cowboystiefel.

»Hallo, Kinder«, sagte er, »hier wohnt doch irgenwo ein Tierdoktor, oder?« Dabei nahm er aus seinem Jeanshemd eine Spiegelsonnenbrille und setzte sie auf. Sofort waren seine Augen nicht mehr zu erkennen.

Die drei starrten ihn an wie den Mann vom Mond.

Ich kann es nicht fassen, dachte Dany, eben habe ich davon gesprochen, und jetzt ist er da! Zaghaft trat er einen Schritt vor. Er schaute den Mann fröstelnd an. Er versuchte, einen Blick in das Innere des Lieferwagens zu werfen.

»He. Was ist? Seid ihr stumm oder was? Oder redet ihr nur, wenn ihr dafür bezahlt werdet? Oder hat euch jemand den Mund zugenäht?«

Bimbo räusperte sich. »Mein Daddy ist da drüben. Im Büro. Zweite Tür in dem roten Gebäude mit dem Fachwerk.« Sie stotterte, und dann fügte sie hinzu: »Aber er hat jetzt keine Sprechstunde. Wenn es nichts Dringendes ist, müssen Sie morgen um vierzehn Uhr wiederkommen. Da hat er immer Sprechstunde.«

Der Mann schaute Bimbo an. Dann nahm er die Schirmmütze ab, drehte sie einmal herum und setzte sie wieder auf. »Wetten, dass es etwas Dringendes ist?«, fragte er. Er schlug die Wagentür zu. »Und geht nicht ans Auto, verstanden? Ich habe Dynamit geladen.« Dany sagte nichts. Stumm verfolgte er den Mann, der auf das Büro zuging, einmal kurz anklopfte und die Tür schon aufmachte, bevor Dr. Brendel »Herein!« gerufen hatte.

Peggy holte tief Luft, als er verschwunden war. »Also, das war der irrste Zufall, den ich je erlebt habe. Eben gerade hat Dany gesagt, gleich biegt ein Auto mit dem Nesträuber um die Ecke und im selben Augenblick biegt tatsächlich ein Auto um die Ecke ...«

»... nur mit dem Unterschied, dass dieser bestimmt keine Seeadler-Eier aus dem Horst geklaut hat.«

»Dem trau ich alles zu«, meinte Peggy. »Leute, die ihre Schirmmütze falsch herum aufsetzen und eine Spiegelbrille tragen, haben sowieso schon mal einen Schatten.«

»Aber Leute, die einen Schatten haben, klauen noch lange keine angebrüteten Seeadler-Eier, Darling.«

Scheu umkreiste Dany das Auto. Es war ein altes, verbeultes Auto mit einem Schleswiger Nummernschild.

»Eine echte Rostlaube«, meinte Dany nach einer eingehenden Inspektion. »Glaubt ihr wirklich, dass da Dynamit drin ist?«

»Quatsch, das hat der doch nur so gesagt.«

»Das sind genau die Art von Scherzen, die Leute machen, die ihre Schirmmütze falsch herum aufsetzen.« Bimbo ging, mit hochgezogenen Schultern und ohne das Auto noch eines Blickes zu würdigen, über den Hof. »Ich muss mich jetzt um die Pferde kümmern«, sagte sie. Peggy schaute auf die Uhr. »Und ich mich um meine Schularbeiten. Da fällt mir ein – wo ist Molle eigentlich?«

»Molle holt Ben von irgendeinem Kindergeburtstag ab.«

»Oh …« Peggy verdrehte die Augen. »Da hat er sich den Bauch wieder vollgeschlagen mit Gummibärchen, Schokoküssen, Bratwürsten und Lakritzen und die ganze Nacht wird ihm schlecht sein. Na, prost Mahlzeit!« Sie verschwand im Pferdestall.

Dany schlenderte zur Praxis hinüber. Er blieb in einiger Entfernung vom Fenster stehen und schaute hinein.

Viel war nicht zu sehen. Nur der Rücken von diesem Mann, der offenbar seine Hände auf die Tischplatte gestützt hatte, und das Mikroskop und der rechte weiße Ärmel von Dr. Brendels Kittel. Man konnte bei geschlossenem Fenster kein Wort verstehen. Dany seufzte und ging zu den anderen in den Pferdestall.

Der Mann blieb nur ein paar Minuten. Die Kinder beobachteten vom Pferdestall aus, wie er, eine braune Papiertüte in der Hand, zu seinem Auto ging und wenig später vom Hof fuhr.

Sie fütterten Klärchen und das Fohlen. Bimbo behandelte Klärchens Hufe mit Huffett, während Peggy ihre Mähne striegelte. Molle spielte mit dem Fohlen. Shalimar war ein wunderschöner Apfelschimmel geworden, mit schneeweißer Mähne und schlohweißem Schweif. Das heißt, der Schweif war nur selten seidig und schlohweiß, weil immerzu Dreck und Stroh in ihm klebten. Shalimar hasste es, wenn man ihn striegelte. Er machte dann Bocksprünge und versuchte spielerisch, in den Striegel und die Bürste zu beißen. »Morgen mache ich einen Ausritt mit Klärchen und dem Fohlen«, sagte Bimbo. »Mal sehen, wie das geht.«

»Glaubst du etwa, Shalimar trottet brav nebenher?«

»Klar, der liebt seine Mama doch. Der weicht ihr bestimmt nicht von der Seite.«

»Bimbo.« Molle sah ihre Schwester streng an. »Shalimar ist nicht mehr vier Wochen alt! Er ist nicht mehr so blind auf seine Mama fixiert wie am Anfang, als er noch klein war.«

Bimbo zuckte die Schultern. »Ich will Shalimar aber mitnehmen. Ich riskier es eben einfach.«

»Wenn Shalimar abhaut, müsstest du ihn einfach mit dem Lasso wieder einfangen.« Peggy strahlte bei dem Gedanken. »Wäre doch echt toll, wenn man am Sattel so ein Lasso hätte, schön zusammengerollt, sieht doch stark aus …«

»Ja, genau wie in der Werbung«, sagte Dany verächtlich. »Bei diesen blöden Zigarettenwerbungen jagen sie ja unentwegt Wildpferde mit dem Lasso …«

»… oder sie fahren Kanu auf den Stromschnellen des Amazonas.« Molle holte die Mistgabel und lockerte das Stroh in der Pferdebox. Die Sache mit dem Lasso ging ihr nicht aus dem Kopf …

»Ich finde die Idee wirklich gar nicht so blöde«, sagte sie. »Ich hab mich die ganze Zeit schon gefragt, wie man es machen kann, dass Shalimar bei den Ausritten mit Klärchen dabei ist.«

»Man kann ihn am Halfter und einer langen Leine hinter sich herziehen«, schlug Peggy vor.

Dany tippte sich an die Stirn. »Wie einen Hund! Das sieht vielleicht albern aus.«

»Stimmt. Einen richtigen Eindruck als Reiter macht man nur, wenn man stolz hoch zu Ross sitzt und das Fohlen freiwillig und fröhlich nebenhergaloppiert … ha.« Bimbo breitete die Arme aus. »So möchte ich mit Klärchen morgen über den Strand galoppieren.«

»Und zufällig steht da ein Filmregisseur und filmt das alles und am nächsten Tag bist du im Fernsehen«, spottete Molle. »Aber ich sage dir, wie es sein wird.«

Bimbos Gesicht verschloss sich sofort. Sie hasste es, wenn Molle mit diesen Sprüchen kam. »Na? Wie wird es denn sein?«

»Du wirst mit Klärchen und Shalimar ganz mutterseelenallein über den grauen Strand traben, und Klärchen wird viel zu faul zum Galoppieren sein, und dann wird es anfangen zu regnen, und niemand ist da, der dich bewundert.«

»Haha. Als wenn ich bewundert werden will.« Bimbo prüfte, ob die automatische Wassertränke funktionierte, und klaubte die Heureste aus der Tränke.

»Klar willst du bewundert werden. Aber das funktioniert nicht. Denn Shalimar haut plötzlich ab, irgendwo in die Dünen, und du findest ihn nicht wieder. Und nachher kommst du heulend auf dem Süderhof an und wir müssen suchen helfen.«

Bimbo tippte sich an die Stirn. »Erstens wird das nicht passieren, weil es nicht regnet und weil Klärchen sowieso gerne galoppiert, und zweitens wird Shalimar nicht wegrennen, weil er lieber bei seiner Mama ist, und drittens würde Klärchen als Mutterstute ja wohl ganz allein ihr Baby wiederfinden.« Sie löste die Karabinerhaken, mit denen Klärchen in der Stallgasse angebunden war, und führte die Stute in ihre Box zurück. »Die reden vielleicht alle einen Mist, Mädchen«, sagte sie, während sie zärtlich Klärchens weiches Maul kraulte. »Die haben keine Ahnung, was? Morgen werden wir es ihnen beweisen.«

»Daddy, was war das vorhin für ein Mann? Was wollte der?« Bimbo stellte sich ihrem Vater auf dem Hofplatz in den Weg, als er gerade zur Pferdekoppel gehen wollte, um nach dem operierten Dressurpferd zu schauen.

»Was denn für ein Mann? Es waren heute viele Männer da«, erwiderte Dr. Brendel.

»Ich meine den mit der gelben Schirmmütze und der Spiegelbrille.«

Dr. Brendel überlegte. »Schirmmütze? Spiegelbrille? Kann mich nicht erinnern.«

»Klar, Daddy! Der hatte die Schirmmütze falsch herum auf! Und trug so eine alberne Spiegelbrille, wie die Cops von ›Miami Vice‹ im Fernsehen!«

Dr. Brendel lachte. »Du kennst dich im Fernsehen ja verblüffend gut aus. Ich schätze, wir sollten deinen Fernsehkonsum mal ein bisschen einschränken.«

»Daddy, lenk jetzt nicht ab! Es interessiert mich echt, was der Mann wollte.«

Bimbo begleitete ihren Vater zur Koppel. Gemeinsam standen sie schließlich an dem weiß gestrichenen Gatter, das die kleine Koppel umzäunte. Sie lehnten sich über die Bretter und schauten dem Pferd zu, das im schwungvollen Trab gerade diagonal die Koppel durchquerte. »Scheint in Ordnung zu sein, die linke Sehne«, meinte Dr. Brendel mit zusammengekniffenen Augen. »Ich hab nicht gedacht, dass das so schnell heilt. Ach so, der Mann«, er schaute Bimbo an. »Der Mann mit der Spiegelsonnenbrille. Der wollte was für seine Pferde. Gegen Satteldruck. Die scheinen sich wundgescheuert zu haben. Was ja kein Wunder ist.«

»Wieso?«

»Er ist Rodeoreiter. In Husum ist wohl in den nächsten Tagen eine Vorstellung. Und jetzt proben sie und bauen die Halle um.«

»Was genau ist eigentlich ein Rodeoreiter, Daddy?«

»Das ist ein Mann, der auf einem Pferd sitzt und mit dem Lasso die Wildpferde einfängt. Oder die Kühe. Du weißt schon, diese Leute aus Texas und Arizona mit den Cowboyhüten …«

Bimbo machte große Augen. »Du meinst, der Mann kann echt Tiere mit dem Lasso einfangen?«

»Genau das erzähl ich doch die ganze Zeit.« Dr. Brendel schaute seine Tochter kopfschüttelnd an. »Sag mal, ist das eine neue Krankheit, dass von den Kindern keiner mehr zuhört?«

Bimbo stellte sich auf die Zehenspitzen und gab ihrem Vater einen Kuss. »Ärger dich nicht, Daddy. Ich weiß ja, dass Kinder eine Landplage sind.« Sie lief zum Hof zurück.

»Also, ich weiß alles.« Bimbo stürmte in das Zimmer von Peggy, in dem sich alle versammelt hatten, und warf sich krachend auf das Bett.

»He …! Pass doch auf …« Peggy schubste Bimbo wieder herunter. »Eben hab ich die Decke glatt gestrichen und nun kommst du und machst sofort wieder Chaos. Setz dich doch auf den Fußboden wie die anderen auch.«

Dany, der im Schneidersitz auf einem Gartenstuhlkissen thronte, warf ihr ein Kissen zu. »Damit es die Dame bequemer hat.«

Widerstrebend ließ Bimbo sich zwischen Molle und Peggy auf dem Boden nieder. »Was sind das denn für neue Moden? Seit wann darf man sich nicht mehr auf die Betten knallen?«

»Seit eben«, antwortete Peggy ungerührt.

»Kannst dich ja auf dein eigenes Bett knallen«, meinte Molle. Bimbo stöhnte. »Mein Gott, ihr macht aus einer Fliege gleich einen Elefanten. Ist irgendetwas passiert?«

»Ja. Genau. Mami war hier.« Molle rutschte zurück, bis ihr Rücken an der Zimmerwand Halt fand. »Sie hat einen Riesenterror gemacht. Sie findet, es sieht bei uns aus wie bei Hempels unter dem Sofa.«

Bimbo grinste. »Hat sie das wirklich gesagt? Wie sieht es denn bei Hempels unter dem Sofa aus?«

»Na, so wie in deinem Zimmer, nehm ich an.« Peggy zupfte die Bettdecke, die Bimbo durcheinandergebracht hatte, zurecht. »Mir ist es ja egal, wenn sie auf dich oder Molle sauer ist, aber wir …«

»Wieso? Was ist da denn für ein Unterschied?«

»Komm, das weißt du genau.« Dany sammelte im Sitzen das Kaugummipapier ein, das überall verstreut auf dem Boden lag. »Schließlich sind wir nicht ihre eigenen Kinder, sondern die vom Bruder deines Daddys. Das ist schon ein ganz enormer Unterschied.«

Bimbo runzelte die Stirn. »Kann ich nicht finden. Ihr werdet doch genauso behandelt wie Molle und ich.«

»Klar, werden wir auch. Aber wir haben keine Lust, dass Onkel

Günter und Tante Sonia sich über uns ärgern. Kapierst du das nicht? Sie haben eh schon so viel Mühe, uns mit großzuziehen.«

Bimbo starrte Dany an. Dann beugte sie sich vor und legte ihre Hand auf seine Stirn.

»Was soll das?«, fragte Dany gereizt.

»Ich wollte bloß mal wissen, ob du Fieber hast. So einen Blödsinn hast du lange nicht dahergeredet. Bloß weil Mami zufällig mal schlechter Laune ist und etwas gereizt ...«

»Sie ist nicht zufällig schlechter Laune, Bimbo«, warf Molle ein. »Und nicht zufällig ein bisschen gereizt, das weißt du genau. Die Stimmung hier im Haus ist doch schon seit Wochen hochexplosiv.«

Bimbo überlegte. Darüber hatte sie sich bislang noch keine Gedanken gemacht. Aber wenn sie anfangen würde, sich Gedanken zu machen ... Sie schaute verwirrt in die Runde.

»Meint ihr, es ist etwas nicht in Ordnung zwischen Mami und Daddy?«

Molle hob seufzend die Schultern. »Woher sollen wir das wissen? Die beiden reden jedenfalls nicht mehr miteinander. So viel ist klar.«

»Und woher weißt du das?«, fragte Bimbo verblüfft.

»Weil ich gestern im Schlafzimmer war und weil da auf Daddys Nachttisch ein Zettel lag. Ich war nicht neugierig, ich hab den bloß gelesen, weil er sozusagen im Weg war, als ich ans Telefon ging. Das Telefon klingelte nämlich gerade, als ich im Schlafzimmer war.«

»Mach es nicht so umständlich«, warf Peggy ein. »Erzähl schon, was auf dem Zettel stand.«

Molle räusperte sich. »Also, da stand eigentlich nichts Besonderes, nur so normale Sachen ...«

»Was denn für normale Sachen?«, rief Bimbo ungeduldig.

»Na ja ... ich glaube, es stand auf dem Zettel: Ich weiß nicht, wann ich heute Abend zurück bin. Um das Abendessen für die Kinder musst du dich kümmern.«

»*Das* stand auf dem Zettel?«, fragte Bimbo verblüfft. »Und wieso hat Mami es ihm nicht einfach gesagt? Ich meine, die liegen doch im Schlafzimmer in ihren Betten nebeneinander …«

»Eben«, sagte Dany trocken. »Das gibt uns ja zu denken. Die beiden sprechen offenbar zurzeit nicht miteinander …«

»… sondern verkehren sozusagen nur noch brieflich.« Peggy schauderte. »Schrecklich. Ich hoffe nur, dass wir nicht schuld sind.«

»Warum sollen wir denn schuld sein?« Bimbo verstand allmählich überhaupt nichts mehr. »Wir haben doch überhaupt nichts gemacht!«

Molle sah ihre Schwester an. »Vielleicht reicht es schon, dass wir einfach immer da sind. Und dass immer irgendein Chaos herrscht. Und dass es ständig Ärger gibt mit der Schule und den Schularbeiten und dass wir nicht bei der Hausarbeit helfen …«

»Komm, das stimmt nicht!«, unterbrach Dany hitzig. »Ich hab neulich den Frühstückstisch gedeckt.«

»Na toll. Einmal. Und was ist mit den anderen 364 Tagen im Jahr?« Peggy sah ihren Bruder streng an. »Dann könnte ich ebenso sagen, ich habe neulich in unserem Zimmer Staub gesaugt.«

Molle hielt sich die Ohren zu. »Hört auf! Hört mit dem Mist auf! Ich hab keine Lust, darüber nachzudenken! Vielleicht ist es ja überhaupt nicht so, wie wir denken.«

Bimbo nickte. »Molle hat recht. Reden wir von was anderem. Wollt ihr wissen, was der Mann mit der Spiegelbrille von Beruf ist? Na, wollt ihr es wissen?«

»Klar, erzähl schon!«

»Also«, Bimbo holte tief Luft. »Er ist Rodeoreiter. Irre, was?«

Dany starrte sie an. »Und was, bitte schön, macht ein Rodeoreiter hier oben an der Nordsee? Will der die kranken Robben mit dem Lasso einfangen oder was?«

Peggy pfiff durch die Zähne. »Vielleicht fängt er Seeadler mit dem Lasso.«

Peggy wunderte sich, dass alle plötzlich in schallendes Gelächter ausbrachen. »Was habt ihr? Wieso soll man so einen Vogel nicht mit dem Lasso fangen können?«

»Weil man ein Lasso haben müsste, das bis in den Himmel reicht, bis an die Wolken und noch weiter«, meinte Dany. »Manchmal hast du wirklich einen naiven Verstand, Schwesterchen.«

»Es gibt hier offenbar eine Vorführung, in der Mehrzweckhalle in Husum. Ich glaub, ich hab sogar in der Zeitung was darüber gelesen.«

»Na schön. Dann können wir ihn also von der Liste der Seeadler-Klauer streichen. Und was jetzt?« Dany schaute sich im Kreise um.

Molle stand auf. Sie gähnte. »Ich geh in mein Zimmer und mach Ordnung.« Sie stieg über die Beine der anderen hinweg.

»Okay, ich komm mit.« Auch Bimbo erhob sich.

Dany und Peggy blieben zurück. Dany verschränkte die Arme hinter dem Kopf und schaute an die Zimmerdecke. Plötzlich lächelte er. »Wenn du das gesehen hättest, Peggy«, sagte er. »Diesen wunderschönen Vogel ... wirklich ... man kann das einfach nicht vergessen. Morgen fahr ich wieder an den Strand. Vielleicht ist mein Adler wieder da.«

Peggy verdrehte die Augen. »Jetzt sagt er sogar schon *mein* Adler! Dich hat es ja wohl richtig gepackt.«

»Stimmt«, sagte Dany ruhig. »Es hat mich gepackt. Das Seeadler-Fieber.«

2. Kapitel

Am nächsten Tag waren die grauen Regenwolken immer noch nicht verschwunden. Bleigrau dehnte sich der Himmel von Horizont zu Horizont, als Bimbo die Stute aus dem Stall führte, um sie zu satteln.

»Hoffentlich behält Molle nicht Recht«, sagte sie, während sie Klärchen den Sattel auflegte. »Die hat ja angekündigt, dass der große Regenschauer kommt, genau in dem Augenblick, wenn wir am weitesten von zu Hause entfernt sind.«

Klärchen knabberte zärtlich an Bimbos Anorak herum, während Bimbo gebückt dastand, um den Pferdemist aus den Hufen zu kratzen.

Shalimar, der noch in der Box eingesperrt war, wieherte und schlug mit den Vorderhufen gegen die Stalltür.

»Ruhe da drinnen!«, brüllte Bimbo. »Du kommst ja gleich raus! Ich nehm dich mit auf den Ausritt. Versprochen ist versprochen.«

Klärchen hob den Kopf und ließ sich den frischen Nordseewind in die Nüstern blasen. Sie schnaubte zufrieden. Die Stute freute sich immer, wenn sie gesattelt wurde. Sie liebte Ausritte über den Deich, den Strand entlang, bis zu den Kliffs, hinter denen das Watt begann.

Da konnte sie sich langmachen und strecken und auf dem weichen, federnden Boden dahingaloppieren, und Bimbo, die sich tief auf den Hals der Stute beugte, kam sich dann vor wie Dschingis Khan oder ein arabischer Scheich auf einer rassigen Araberstute. Immerhin hatte Klärchen Araberblut in ihren Adern … auch wenn sie wie ein Pony aussah.

Bimbo zog Klärchen die Trense über den Kopf und schob das Gebiss zwischen die Zähne. Klärchen stellte sich immer ein bisschen an dabei. Lieber wäre sie natürlich ohne Trense und ohne Zügel dahingaloppiert. Bimbo lächelte. »Du wirst auch nie erwachsen, altes Mädchen«, sagte sie zärtlich. »Darf ich dich daran erinnern, dass du bald sechzehn Jahre alt bist? Da wird man doch vernünftig und macht nicht mehr so einen Tanz beim Aufzäumen.«

Die Stute tänzelte hin und her. Immer wieder wandte sie den Kopf und schaute zur Stalltür, hinter der das Fohlen rumorte.

Bimbo wickelte die Zügel um einen Pflock neben der Stalltür. Sie öffnete die Box und ließ Shalimar heraus. Der junge Hengst stürmte über die Stallgasse in den Hof. Er gebärdete sich so übermütig, dass er seiner Mutter fast in den Bauch rannte. Die Stute sprang rechtzeitig ein Stück zur Seite.

»Meine Gute! Nicht so stürmisch!«, rief Bimbo. Sie nahm die Zügel, schwang sich in den Sattel und lenkte die Stute zur Hofeinfahrt. Shalimar tänzelte um sie herum.

Als Bimbo am Haupthaus vorbeiritt, öffnete sich ein Fenster. Peggy steckte den Kopf heraus. »Viel Spaß!«, rief sie. »Wenn es klappt mit dem Fohlen, mache ich morgen auch einen Ausritt mit den beiden.«

»In Ordnung!« Bimbo winkte. Als sie die Hofeinfahrt hinter sich gelassen hatten und den weichen Sandweg erreichten, der zum Leuchtturm führte, trabte die Stute an. Bimbo schaute zurück. Mit vorgestrecktem Hals und wehendem Schweif trabte Shalimar hinter ihnen her. Ohne Halfter, ohne Zügel, folgsam wie ein braves Fohlen.

Bimbo tätschelte den Hals der Stute. Sie lächelte. Es klappte ja fabelhaft.

Dany radelte auf dem Deich entlang. Dieses Mal begleitete Anuschka ihn nicht. Ben hatte sich geweigert, ihn herauszurücken. »Anuschka ist mein Hund«, hatte er behauptet und sich auf ihn geworfen. »Er will überhaupt nicht mit dir gehen. Er will mit mir zum Ententeich.«

»Und woher weißt du das so genau?«, fragte Dany amüsiert. Manchmal fand er seinen kleinen Bruder umwerfend komisch. Manchmal ging er ihm allerdings auch ziemlich auf die Nerven.

»Weil es mit Niko abgemacht ist.«

Niko war der Junge aus Leipzig, der in den letzten Ferien auf dem Süderhof zu Besuch gewesen war. Niko hatte eine Zauberkugel mitgebracht gehabt und mit dieser den Hund verhext. Das jedenfalls behaupteten die Kinder. Aber Ben wusste, dass alles ganz anders gewesen war …

»Okay, dann geh du mit Anuschka zum Ententeich und ich mache alleine meine Radtour. Ist sowieso besser.«

»Und wieso ist das besser?«, fragte Ben misstrauisch. Wenn jemand so schnell klein beigab, wurde er immer misstrauisch.

»Weil die Seeadler sehr nervöse Vögel sind. Und ich muss aufpassen, dass ich sie nicht in ihrem Brutgebiet störe. An ihren Nistplätzen. Ich weiß ja nicht einmal, wo die sind.«

Es stimmte, dass Dany keine Ahnung hatte, wo die Adlerhorste waren. Er wollte das auch gar nicht wissen. Er wollte nur diesen schönen Vogel wieder beobachten, beim Fischfang und bei seinen Gleitflügen tief über dem Meer.

Der Wind hatte die Wolkendecke aufgerissen und manchmal fiel ein heller Lichtstrahl auf das Meer und brachte es zum Glänzen. Es herrschte noch Ebbe, und das Meer war weit weg, in dem nassen Sand hatten sich Priele gebildet, flache Wasserläufe, in denen Seeschwalben herumstolzierten und nach Krabben und Wasserinsekten pickten.

Dany legte sein Fahrrad an der gleichen Stelle wie am Vortag auf den Deich und kletterte zum Strand hinunter. Die Seeschwalben erhoben sich kreischend und ließen sich etwas weiter entfernt an einer anderen Stelle nieder.

Möwen flogen vorbei, und einmal sah Dany einen silbrigen Fisch, der aus dem Wasser schnellte und im nächsten Augenblick wieder untergetaucht war.

Genau im gleichen Augenblick entdeckte er den Adler. Aus einem großen Wolkenloch war er herabgetaucht, und Dany sah zuerst nur seinen Schatten, der über den Strand huschte. Als er hochschaute, war der Vogel fast genau über ihm. Er glitt, wie getragen vom Wind, sanft dahin, mit weit ausgebreiteten Schwingen. Als er in die Nähe der Seeschwalben kam, brach unter den Vögeln Panik aus, und im nächsten Augenblick waren sie hoch in der Luft. Langsam, im Gleitflug, ließ der Adler sich weiter heruntersinken, um schließlich weich auf dem Sand zu landen.

Dany hielt den Atem an. Der Vogel war keine dreißig Schritte von ihm entfernt und wandte ihm seinen Kopf zu. Aus scharfen Adleraugen schaute er Dany unverwandt an. Sein Blick hatte etwas Gefährliches, aber auch Fragendes. Dany lächelte unwillkürlich und bewegte die Lippen. »Ich tu dir nichts«, flüsterte er tonlos. »Ich stör dich nicht, schöner Vogel. Ich bleib hier ganz still sitzen und schau dir zu.«

Der Adler hüpfte ein paar Schritte über den Sand. Er ließ die Spuren seiner Krallen zurück. Dann, als habe er es sich anders überlegt, breitete er die Schwingen aus und stieg wieder in die Luft. Er flog aufs Meer hinaus, und Dany verfolgte ihn mit den Augen so lange, bis er in den Wolken verschwunden war. »*Wow!*«, flüsterte Dany, noch ganz ergriffen. »Das war schön!« Er ließ sich rücklings in den Sand fallen und schloss die Augen. Für einen Augenblick überlegte er, ob er vielleicht später einen Beruf wählen sollte, bei dem er mit solchen Tieren zu tun hatte. Schließlich hatte er schon als kleiner Junge die Vogelstimmen nachmachen können. Ihm fiel ein, wie er mit seinem Vater über den Büchern gesessen hatte, in denen die afrikanischen Vögel abgebildet waren, und wie sein Vater zu ihm gesagt hatte: »Wenn du größer bist,

Dany, dann nehme ich dich einmal mit nach Afrika. Dann fahren wir zum Kilimandscharo und dort zeige ich dir wunderschöne seltene Vögel …«

Aber sein Vater war tot. Mit einem Flugzeug über der afrikanischen Wildnis abgestürzt, zusammen mit seiner Mutter und dem Piloten. Vielleicht würde Dany jetzt nie nach Afrika kommen …

Plötzlich spürte er, wie der Boden vibrierte. Ein merkwürdiges, dumpfes Geräusch, das sich von Sandkorn zu Sandkorn fortsetzte … Er richtete sich auf und schaute sich um. In der Ferne, am Ende des langen einsamen Strandes, tauchte ein Reiter auf, und erst nach einer Weile erkannte Dany, dass es Bimbo war. Bimbo und Klärchen. Sie galoppierten in rasendem Tempo nah am Wasser dahin, die fliegenden Hufe der Stute ließen das Wasser wie Fontänen aufspritzen. Es sah einfach toll aus.

Dany sprang auf, um zu winken. Aber Bimbo sah ihn gar nicht. Sie hatte ihren Kopf tief über den Hals der Stute gebeugt und sich in die Steigbügel gestellt, um noch schneller zu sein. Klärchen lief mit gestrecktem Kopf, so wie sie manchmal lief, wenn das Araberblut in ihren Adern zum Durchbruch kam. Je länger sie galoppierte, desto schneller wurde sie und desto weniger achtete sie auf die Kommandos, die der Reiter im Sattel gab …

»He! Hallo! Bimbo!« Dany hüpfte auf und ab und wedelte mit den Armen.

Aber Bimbo und die Stute donnerten vorbei, das Wasser spritzte auf, und Dany konnte nur hören, wie Bimbo rief: »Schneller, altes Mädchen, immer schneller!« Die Satzfetzen wehten bis zu ihm. Er rannte ans Meer hinunter, aber da waren die beiden schon vorbei und plötzlich nur noch ein schwarzer Punkt zwischen Meer und Land …

Dany schüttelte sich. »Wahnsinn«, murmelte er. »Bimbo ist die wildeste Reiterin, die ich kenne!«

Als er gerade zu seinem Rad zurückgehen wollte, entdeckte er in der Richtung, aus der Bimbo und die Stute gekommen waren, noch eine Gestalt. Dany erstarrte vor Schreck. »Shalimar!«, rief er. Und dann fiel ihm wieder ein, dass Bimbo an diesem Tag ihren ersten Ausritt mit der Stute und dem Fohlen machen wollte. Shalimar galoppierte über den Strand, rannte ins Wasser, scheuchte die Möwen auf und lief hinauf bis zum Deich. Einen Augenblick stand das Fohlen da wie ein Denkmal: den Kopf erhoben, mit flatternder Mähne hielt es Ausschau nach seiner Mutter.

»Shalimar!«, brüllte Dany, wild gestikulierend. Aber das Fohlen reagierte nicht. Der Wind trug Danys Schreie davon. Das Fohlen schüttelte sich, senkte den Kopf und trabte den Deichhang wieder hinunter. Es lief zum Wasser, steckte den Kopf hinein, schüttelte sich, schaute sich um.

»Shalimar! Hier bin ich!« Dany rannte dem Fohlen entgegen. Das Fohlen blickte kurz in seine Richtung, aber dann warf es in einem Schwung den ganzen Körper herum und galoppierte in die andere Richtung davon.

Dany blieb stehen. Er wischte sich den Schweiß von der Stirn. »Na wunderbar«, murmelte er. »Das Fohlen sehen wir so schnell nicht wieder.« Er schaute in die Richtung, in der Bimbo verschwunden war. Immerhin war es ja möglich, dass Bimbo nur einen kurzen Rennspurt geplant hatte und jetzt zurückkam, um das Fohlen abzuholen. Aber von Bimbo war weit und breit keine Spur. Die Möwen kehrten zurück und rannten aufgeregt schnatternd auf dem nassen Sand herum, das war alles. Sonst war es vollkommen still und leer.

Als Dany nach Hause kam und sein Fahrrad in der Scheune abstellen wollte, kam ihm Sonia Brendel entgegen.

»Hallo, Dany«, sagte sie mit einem abwesenden Lächeln. »Geht es gut? Alles in Ordnung?« Sie ging an ihm vorbei, ohne ihn richtig anzusehen.

»Klar, Tante Sonia«, murmelte Dany, »alles in schönster Ordnung.« Er schaute ihr nach, wie sie zu ihrem Auto ging, eine Tasche auf den Beifahrersitz warf und die Autotür hinter sich zuschlug. Der kleine grüne Fiat drehte eine Kurve auf dem Hofplatz. Als er an Dany vorbeikam, stellte Dany sich in den Weg. Sonia Brendel bremste und kurbelte das Fenster hinunter. »Ich bin in Eile, Dany.« Sie schaute auf die Uhr.

Dany räusperte sich. »Ich … äh … Tante Sonia … ich wollte nur sagen, also …« Er verstummte unter ihren Blicken.

Sie runzelte die Stirn. »Ja?«

»Ich meine …« Dany wurde rot, er stotterte.

»E… es t… t… tut mir leid.«

»Was tut dir leid?«

»Keine Ahnung.« Dany breitete die Arme aus. »Alles, nehme ich an.«

Sonia Brendel studierte einen Augenblick sein Gesicht. Dann streckte sie den Arm aus dem Fenster und berührte zärtlich seine Wange. »Es hat nichts mit euch zu tun, Dany. Mach dir keine Sorgen. So ein Problem kommt in jeder Ehe mal vor.«

Dany nickte. Er hatte einen Kloß im Hals. »K… k… kommst du heute Abend zurück?«

»Ich weiß noch nicht … vielleicht.« Sie winkte. »Grüß die anderen schön. Und macht keine Dummheiten, verstanden? Ich verlass mich auf euch.«

Dany schaute ihr nach, bis der Wagen verschwunden war.

Dann holte er einmal tief Luft und schlenderte zum Pferdestall hinüber. Die Box von Klärchen war leer, wie er vermutet hatte. Bimbo suchte wahrscheinlich immer noch die Gegend nach Shalimar ab. Als er zum Haus hinüberging, verschwand gerade die Sonne am Horizont. Im gleichen Augenblick wurde es richtig kalt. Dany zog fröstelnd die Schultern hoch und ging ins Haus.

»Hallo, Dany!« Dr. Brendel stieß mit ihm in der Tür zusammen. »Hast du Tante Sonia gesehen? Ich such sie überall.«

»Sie ist weggefahren«, sagte Dany. »Vor zwei Minuten.«

»Hat sie etwas gesagt? Weißt du, wohin sie gefahren ist?«

»Nein, keine Ahnung.«

Dany überlegte, ob er sagen sollte, dass sie vielleicht heute Nacht nicht nach Hause kommen würde, aber dann entschied er, dass es besser war, nichts zu sagen.

Dr. Brendel wartete. Vielleicht hatte er eine Ahnung, dass Dany ein bisschen mehr wusste, als er sagen wollte. Aber als Dany beharrlich schwieg, legte er ihm nur kurz die Hand auf die Schulter und ging.

Wenig später hörte Dany, wie der Diesel des alten Mercedes ansprang und wie sich der Wagen langsam entfernte.

Dany rannte die Treppe hoch. Er stieß die Tür zu Peggys Zimmer auf. Auf dem Boden saß Ben und spielte mit Anuschka.

»He, Ben«, rief Dany. »Wo sind die anderen alle?«

»Weiß ich doch nicht. Mir sagt ja keiner was.« Ben kraulte Anuschka hinter den Ohren und Anuschka hechelte begeistert.

Peggy und Molle saßen in Molles Zimmer über den Schularbeiten. Als Dany ins Zimmer stürmte, schaute Peggy vorwurfsvoll auf. »Kannst du nicht anklopfen?«

»Klar kann ich das, aber warum?«

Peggy seufzte. »Weil es höflich ist.«

»Vergesst die Höflichkeit. Shalimar ist abgehauen. Findet ihr, dass man da zuerst an Höflichkeit denken soll? Außerdem ist deine Mama weggefahren, ohne zu sagen, wohin, und dein Daddy rast jetzt los und sucht sie.« Dany ließ sich auf Molles Bett fallen. »Reicht das fürs Erste?«

Molle starrte Dany an. »Ein bisschen viel auf einmal«, meinte sie. Nach einer langen Pause: »Was ist eigentlich in diesem verdammten Haus los?«

»Und wieso ist Shalimar weg? Woher willst du das wissen?«

»Weil ich es gesehen hab.« Dany schilderte genau, wie Bimbo

mit Klärchen an ihm vorbeigaloppiert war und wie viel später Shalimar aufgetaucht und plötzlich in den Dünen verschwunden war. Wie er versucht hatte, das Fohlen zu fangen, aber es schon nach kurzer Zeit aufgegeben hatte. »Das ist hoffnungslos. Ich hab ja nicht mal seine Hufspuren entdeckt.«

»Und Bimbo? Ist sie nicht zurückgekommen?«, fragte Peggy entgeistert.

»Nicht solange ich am Strand war und ich war eine ganze Weile da, das könnt ihr mir glauben.«

Molle schlug das Englischbuch zu. »Unter diesen Umständen ist es wohl vernünftig, wenn ich mich um das Abendessen kümmere, bevor hier das totale Chaos ausbricht. Wo ist Ben?«

»In unserem Zimmer. Spielt mit Anuschka.«

»Okay. Sag ihm, er soll Zähne putzen und den Schlafanzug anziehen. Und dann kannst du helfen, das Abendbrot vorzubereiten.«

Peggy seufzte. »Hat jemand eine Ahnung, was es heute Abend geben sollte?«

»Ich schätze, wir werfen einfach einen Blick in den Kühlschrank.« Molle zerrte Dany vom Bett. »Irgendwie hab ich das Gefühl, als wenn wir uns auf harte Zeiten gefasst machen müssen.«

Sie öffnete die Tür zu dem Zimmer, in dem Ben immer noch auf dem Boden hockte und mit Anuschka schmuste.

»Komm, Kleiner. Zähne putzen, Hände waschen und so weiter. Das ganze Programm. Aber mit Seife, verstanden? Dany passt auf.«

Ben verzog das Gesicht. »Ich will aber nicht, dass Dany aufpasst. Ich will alles alleine machen.«

Dany grinste. »Wir wissen ja, was dann passiert. Komm schon. Zier dich nicht. Kann sein, dass ich sonst heute Abend schlechte Laune kriege.«

Ben ließ Anuschka los, der sofort aus dem Zimmer flitzte und laut kläffend die Treppe hinunterrannte. »Ich will, dass Tante Sonia mich auszieht. Ich will zu Tante Sonia und Samson Gute Nacht sagen. Und dann soll Tante Sonia sagen, welchen Schlafanzug ich anziehen soll.«

Energisch öffnete Dany den Kleiderschrank. »Das kann ich dir auch sagen. Du ziehst diesen Schlafanzug an.« Er warf Ben die Hose und die Jacke auf den Kopf.

Ben strampelte sich frei. »Tante Sonia soll kommen«, rief er zornig.

»Tante Sonia ist nicht da. Kapiert?« Dany sah seinen kleinen Bruder streng an.

Ben wurde unter seinem Blick ganz kleinlaut. »Wo ist sie denn?«

»Weg. Reicht das?«

Ben schüttelte den Kopf. »Und Onkel Günter?«

»Auch weg.« Peggy hob ihn hoch und trug ihn wie ein Paket ins Badezimmer.

Dany folgte ihr. »In Ordnung«, sagte er. »Ich mach das schon.«

Das Abendessen war eine ziemlich stille Angelegenheit. Erstens hatte Molle die Schweinekoteletts, die sie im Kühlschrank gefunden hatte, nicht richtig paniert. Zweitens waren sie auf der einen Seite fast verbrannt und auf der anderen fast roh. Ben hatte schon beschlossen, dass er sein Kotelett Anuschka schenken würde; die anderen aber säbelten noch verbissen an den ihren herum. Alle zwei Minuten stand einer auf und trat ans Fenster. Diesmal war es Peggy. Sie schaute so intensiv in die Dunkelheit, als wollte sie Löcher in die Luft bohren.

»Und?«, fragte Dany.

»Nichts.« Peggy hob die Schultern und trat an den Tisch zurück. Eine Weile kauten sie schweigend und aßen den Kartoffelbrei, den Peggy aus einer Packung angerührt hatte. Dany fand, dass es grausig schmeckte, aber er sagte lieber nichts.

Ben hockte in seinem Schlafanzug stumm am Tisch und schaute von einem zum anderen. Irgendwie spürte er, dass eine ganze Menge nicht in Ordnung war, aber er konnte sich keinen richtigen Reim darauf machen.

Draußen war es inzwischen stockfinster. Dany hatte alle Hoflampen eingeschaltet. Glücklicherweise war Kalle nicht da, sonst hätte er bestimmt Verdacht geschöpft. Aber Kalle besuchte gerade seinen Bruder auf Helgoland. Der arbeitete da in einer Fischfabrik.

Verstohlen schaute Dany immer wieder auf die Uhr. »Schon neun«, murmelte er. »Dass Bimbo nicht wenigstens mal anruft.«

»Anruft! Warum sollte sie denn anrufen?«

»Es könnte doch sein, dass Shalimar allein nach Hause gefunden hat, oder? Es könnte doch sein, dass sie auf diese Idee kommt.«

Peggy tippte sich an die Stirn. »Du weißt genau, dass das eine bekloppte Idee ist. Ein so kleines Fohlen findet niemals alleine in den Stall zurück.«

Genau in diesem Augenblick hörten sie draußen ein Geräusch. Alle sprangen gleichzeitig auf und stürzten zur Haustür. »Siehst du was?«, fragte Peggy, in die Dunkelheit spähend.

Molle war auf den Hofplatz gelaufen und schaute sich um.

»Nichts.« Sie schüttelte bekümmert den Kopf. »Dabei war ich so sicher – es hat sich angehört wie Hufgetrampel«, meinte sie.

»Genau.« Dany steckte die Finger in den Mund und pfiff.

Es war sein berühmter Lockpfiff, mit dem er Hunde, Katzen, Papageien, Schafe und seine Familie rief.

Molle wollte eben etwas sagen, da legte Dany die Finger auf die Lippen.

»Psst …« Er lauschte intensiv.

Und plötzlich hörten sie es alle: leises Hufetrappeln. Langsam, vorsichtig und dann ein leises, vorsichtiges Wiehern und Schnauben und plötzlich stand Shalimar mitten im Lichtschein und schaute sich um.

»Shalimar!« Molle wäre vor Aufregung fast auf die Nase gefallen, als sie vorwärtsstolperte.

Das Fohlen warf den Kopf in den Nacken und wieherte. Es trabte auf sie zu. Molle breitete die Arme aus und wartete. Shalimar ging ganz nah an sie heran und stubste sie mit seinen weichen Nüstern. Dann schnaubte er über ihr Gesicht und biss zärtlich in ihren Arm. »Mein Gott, ist das toll!«, flüsterte Molle. »Er ist wieder da! Einfach wunderbar!«

»Halt ihn lieber fest!«, zischte Dany, »bevor er es sich anders überlegt und wieder abhaut.«

Molle schlang die Arme um den Hals des Fohlens und blieb so mit ihm eng umschlungen stehen, bis Dany das Halfter besorgt hatte. Dann führten sie das Fohlen in den Stall. Shalimar schien ganz glücklich, wieder daheim zu sein. Er warf sich sofort in das Stroh und wälzte sich ausgelassen herum. Dann sprang er wieder auf, schüttelte die Strohhalme aus der Mähne und wieherte.

»Wenigstens einer wieder zu Hause«, seufzte Molle erleichtert. Sie knipsten das Licht im Pferdestall aus und gingen ins Haus zurück.

Ben schob seine Hand in die Hand seines Bruders. »Kommt Klärchen auch wieder?«, fragte er leise.

»Klar.« Dany zerwuselte seinen Haarschopf. »Irgendwann bestimmt.« Sie setzten sich wieder an den Tisch und luden sich eine weitere Portion von dem Kartoffelbrei auf die Teller.

»Kalt schmeckt er irgendwie besser als warm«, stellte Peggy fest.

Dany grinste. »Dann können wir ihn ja ein bisschen in die Tiefkühltruhe stellen. Dann schmeckt er wie Kartoffelbrei-Eis. Muss ja echt lecker sein.«

Er wartete auf das röhrende Gelächter der Mädchen, aber das blieb aus. Peggy und Molle starrten wieder in Richtung Fenster. Es war ja schön, dass Shalimar wieder da war. Aber wo blieben Bimbo und Klärchen?

Sie räumten irgendwann den Tisch ab und stellten das Geschirr in die Geschirrspülmaschine. Dann brachte Molle Ben ins Bett und Dany und Peggy hockten sich vor den Fernseher.

»Halb zehn«, sagte Molle, als sie zu ihnen ins Wohnzimmer kam. Dany nickte. Er sagte nichts.

»Glaubt ihr ... glaubt ihr, wir müssen die Polizei anrufen oder so was?«

»Quatsch. So ein Blödsinn. Warum denn die Polizei anrufen?« Das war Peggy, sie drehte den Fernseher etwas leiser. »Sonst hören wir das Telefon nicht.«

»Irgendwie«, sagte Molle nach einer langen Weile, »ist es ja auch gut, dass Mami und Daddy noch nicht wieder da sind. Wenn die wüssten, dass Bimbo noch nicht zu Hause ist ...«

Sie sprach den Satz lieber nicht zu Ende.

Um zehn Minuten vor zehn hörten sie plötzlich Pferdegetrappel im Hof. Peggy war schon fast vor dem Fernseher eingeschlafen. Sie hatte sich in die Wolldecke gekuschelt und die Augen waren ihr immer wieder zugefallen.

»Sie ist es!«, schrie Dany. Er sprang auf und rannte zum Fenster. Er stieß das Fenster auf. »Bimbo! Endlich!«

Bimbo stieg vom Pferd. Es sah aus, als würden ihre Beine unter ihr einknicken. Sie zog Klärchen hinter sich her zum Fenster. Kleinlaut sagte sie: »Shalimar ist weg. Ich hab Shalimar verloren. Ich hab ihn überall gesucht. Wir müssen noch mal los. Könnt ihr mir suchen helfen?« Dany sah, dass Bimbo geweint hatte. Ihr ganzes Gesicht war tränenverschmiert.

»Shalimar ist schon seit einer Stunde in seinem Stall«, sagte er fröhlich. »Er hat ganz allein den Weg zurückgefunden.«

Es dauerte eine Weile, bis Bimbo die Nachricht begriff. Dann ging ein Leuchten über ihr Gesicht. »Wahnsinn!«, rief sie. »Wahnsinn! Damit hätte ich nie im Leben gerechnet. O Gott. Ich bin kaputt. Ich könnte tot umfallen. Könnt ihr mir Klärchen abnehmen?«

»Schon passiert.« Peggy war schon neben ihr aufgetaucht und nahm ihr die Zügel ab. Sie tätschelte Klärchens Hals. »Dein Baby ist schon zu Hause, Mädchen«, murmelte sie. »Gleich kannst du es wiedersehen.«

Klärchen ging mit schweren Schritten neben Peggy her. Aber als Peggy die Stalltür öffnete, hob sie schnuppernd den Kopf. Ihre Ohren spielten und die Augen blitzten ganz aufgeregt. Sie wieherte leise. Und im nächsten Augenblick kam ein kleines sehnsüchtiges Wiehern zurück.

Klärchen hätte Peggy vor Freude beinahe über den Haufen gerannt. Sie stürmte die Stallgasse entlang und schlug ungeduldig mit den Vorderhufen gegen die Boxentür.

»Ich komm ja schon!«, rief Peggy glücklich. Sie schob den Riegel zurück und ließ Klärchen in die Box.

Klärchen und das Fohlen begrüßten sich, als wenn sie tausend Jahre getrennt gewesen wären.

»Süß«, meinte Peggy hingerissen. »Einfach total süß.« Vor Begeisterung und Rührung hätte sie am liebsten geheult.

Als Dany am nächsten Morgen erwachte, fiel ihm nicht zuerst der Seeadler ein. Auch nicht Bimbos nächtlicher Ausritt oder die Rückkehr des Fohlens: Er stieg aus dem Bett und schlich vorsichtig den Gang hinunter zum Schlafzimmer von Bimbos Eltern. Einen Augenblick blieb er zögernd stehen. Sollte er klopfen oder einfach nur die Tür einen Spalt öffnen, um zu sehen, ob sie beide wieder nach Hause gekommen waren?

Dany entschied sich, nur heimlich einen kleinen vorsichtigen Blick ins Schlafzimmer zu werfen. Ganz behutsam drückte er die Türklinke herunter, und noch behutsamer schob er die Tür Zentimeter für Zentimeter auf, bis er das Ehebett im Blickwinkel hatte. Die Vorhänge waren noch zugezogen und das Zimmer lag im Halbdunkel. Aber Dany konnte sehr genau den Lockenkopf seiner

Tante Sonia erkennen und das angegraute Haar von Onkel Günter. Sie hatten sich den Rücken zugedreht und schliefen, als wenn nichts wäre.

Sanft zog Dany die Tür wieder zu und rannte in Peggys Zimmer, genau in dem Augenblick, als der Wecker losschrillte. Er wartete, bis Peggy sich aus den Kissen geschält hatte und dem Wecker mit der Hand eins auf den Kopf gegeben hatte.

»Hallo, Schwesterherz, ich habe eine gute Nachricht«, sagte er fröhlich.

Peggy wischte sich schlaftrunken über die Augen. »So früh schon eine gute Nachricht? Hast du nicht geschlafen?«

»Doch. Ich bin bloß zehn Minuten eher aufgewacht, bevor der Wecker klingelte. Ich hatte plötzlich die Panik, dass Tante Sonia und Onkel Günter nicht nach Hause gekommen sind.«

Peggy richtete sich auf. »Und?«

»Alles *roger.*« Dany machte ein Siegeszeichen. »Sie liegen nebeneinander in den Ehebetten, wie es sich für ein altes Ehepaar gehört.«

Erleichtert ließ Peggy sich wieder in die Kissen fallen. »Gott sei Dank. So viel Stress auf einmal hält ja kein Elefant aus. Gehst du zuerst unter die Dusche oder ich?«

»Ich natürlich.« Dany ging zur Tür und öffnete sie weit. »Bei euch Weibern dauert das ja immer Stunden«, sagte er und war schon draußen, bevor Peggy ihm ihr Kissen an den Kopf werfen konnte.

Auf dem Weg zur Schule, als Bimbo neben Dany den Radweg entlangradelte, sagte sie plötzlich:

»Dieser Rodeoreiter, der neulich da war ... weißt du, wie der geheißen hat?«

»Keine Ahnung. Was willst du denn von dem?«

»Ich dachte, der könnte mir was beibringen.«

Neugierig schaute Dany sie an. »Was beibringen?«

»Mhmh.« Bimbo ließ den Lenker los und fuhr freihändig. »Ich möchte so gerne viele lange Ausritte mit Klärchen machen. Und ich möchte Shalimar mitnehmen. Das Fohlen muss doch die Umgebung kennen lernen! Außerdem muss es trainieren. Sonst wird es dick und fett, wenn es immer nur im Stall steht.«

»Klar. Aber was hat das mit dem Rodeoreiter zu tun?«

Bimbos Fahrrad machte einen gefährlichen Schlenker und schnell nahm sie wieder die Hände an den Lenker. »Er könnte mir Lassowerfen beibringen. Die Idee von Peggy war nämlich gar nicht so schlecht. Wenn Shalimar noch einmal ausbüxt, fang ich ihn einfach mit dem Lasso wieder ein.« Sie strahlte. »Wie findest du die Idee?«

»Verrückt.« Dany überlegte einen Augenblick. »Verrückt. Aber auch irgendwie genial.«

»Ich hab gewusst, dass du das gut findest! Wollen wir nach der Schule mal rüberradeln nach Husum? Wir haben heute doch nach der dritten Stunde frei, weil Mathe ausfällt.«

»Nach Husum? Mit dem Fahrrad? Ist das dein Ernst?«

»Wieso, das sind 15 Kilometer hin und 15 zurück. Das schaffen wir locker.«

Dany verzog sein Gesicht. »Mit dem Rad habe ich echt keine Lust. Das ist mir heute etwas zu anstrengend. Wieso fahren wir nicht mit dem Bus? Der fährt vor dem Schultor ab.«

»Okay. Okay, du alter Faulpelz. Nehmen wir eben den Bus, daran soll es nicht scheitern.«

In der großen Pause passte Bimbo Molle ab, die gerade aus dem Musiksaal kam und einen Haufen Notenhefte schleppte. »Was habt ihr denn gemacht?«, fragte sie verblüfft.

Molle grinste. »Wir haben versucht, die Partitur einer Mozart-Sinfonie mitzulesen. Na, ich sage dir! Jetzt kapier ich überhaupt nicht mehr, wie man Komponist werden kann.« Sie schaute Bimbo an. »Und du? Du siehst irgendwie so abenteuerlustig aus.«

Bimbo erzählte, dass sie mit Dany anschließend nach Husum fahren wolle. »Nur damit ihr Bescheid wisst und zu Hause nicht die Panik ausbricht.«

»Panik ist ja sowieso angesagt. Apropos: Peggy sagt, Mami und Daddy sind wieder da. Dany hat heute Nachforschungen im Schlafzimmer der Eltern angestellt.«

Bimbo grinste. »Na toll, dann gibt es heute zur Abwechslung ja wahrscheinlich mal wieder ein richtiges warmes Mittagessen. Hebt uns was auf!«

Die Mehrzweckhalle lag etwas außerhalb der Stadt, im Industriezentrum. Auf dem Parkplatz standen Pferdetransporter und riesige Wohnwagen, die abenteuerlich bemalt waren.

»Easy Rider« stand auf einem der Wohnwagen und auf dem anderen: »Die wilde Reiter GmbH.«

Dany und Bimbo schlenderten zwischen den Wagen hin und her. Wenn sie jemanden trafen, grüßten sie scheu, aber sie waren zu schüchtern, um nach dem Rodeoreiter zu fragen. Sie wussten ja nicht einmal seinen Namen.

»Schließlich können wir nicht sagen, wir suchen jemanden, der seine Schirmmütze falsch rum aufsetzt«, meinte Dany.

»Frag doch nach einem mit einer Spiegelsonnenbrille.«

Dany schaute sich um. »Hier sehen die Leute so aus, als wenn sie alle eine Spiegelsonnenbrille in der Hemdtasche haben.« Er steuerte auf den Nebeneingang der Halle zu.

»Vielleicht haben wir Glück. Vielleicht trainieren sie ja gerade.«

Sie betraten die Halle. Vor ihnen ragte eine riesige Holzwand auf. Aber links gab es eine Holztreppe, die zu einer Tribüne führte.

»Sollen wir?«, fragte Bimbo scheu.

»Klar.« Dany schob Bimbo vor sich her.

Die Tribüne war leer. Dany und Bimbo setzten sich. Jetzt konnten sie über die Holzwand hinwegschauen. Die ganze Halle war mit Sägespänen und Torf ausgelegt. Genauso wie man es für die Reitturniere oder die Tierauktionen machte.

In diesem Augenblick wurde die große Schiebetür zurückgeschoben und ein Reiter ritt in die Halle ein. Es war nicht der Mann, den sie kannten, sondern ein kleiner mit roten Haaren und vielen Sommersprossen im Gesicht.

»Mach die Tür hinter mir zu, Jo«, rief er. »Ich kann für den Zossen nicht garantieren, der springt sonst über die Bande, nur um abzuhauen.«

Wie von Geisterhand wurde die schwere Tür, die auf Eisenrollen lief, wieder zugeschoben, und wenig später öffnete sich die Seitentür.

Und dann stand der Typ vor ihnen. Verblüfft starrte er sie an. »Nanu … was macht ihr denn hier?«

Dany sprang auf. Er wollte gerade zu einer langatmigen Erklärung ansetzen, als der Typ stirnrunzelnd sagte: »Hab ich euch nicht schon mal gesehen?«

Dany nickte eifrig. »Auf dem Süderhof. Wir sind vom Süderhof.«

»Mein Vater ist der Tierarzt Dr. Brendel«, fügte Bimbo hinzu. »Sie haben da neulich was abgeholt.«

Der Typ trug tatsächlich wieder seine Schirmmütze und wieder mit dem Schirm nach hinten. Er kaute an einem Zahnstocher herum und schaute die beiden an.

»Und?«, fragte er. »Was wollt ihr? Meine Rechnung hab ich bezahlt.«

In der Halle begann das Pferd, ein dunkelbrauner drahtiger Hengst, mit wilden Bocksprüngen herzujagen. Die Sägespäne wirbelten auf und alles flimmerte vor Staub. Der Reiter hielt mit einer Hand die Zügel, mit der anderen hielt er sich am Sattelknauf fest. Er saß auf dem Pferd, wie mit dem Tier verwachsen; nicht einen Millimeter rutschte er aus dem Sattel, gleichgültig was der Hengst auch versuchte, um ihn abzuwerfen.

»Schau dir das Miststück an, Jo«, rief der Reiter lachend, »als wenn man dem Juckpulver unter den Sattel getan hat. Ein Verrückter, ehrlich. Da kriegt das Publikum was fürs Geld.« Er lachte und gab dem Pferd die Sporen.

Jo schaute nur kurz zu ihm hinüber. »Der gibt immer gern ein bisschen an«, meinte er. »Also. Weshalb seid ihr hier? Wollt ihr vielleicht von der Schule abhauen und Rodeoreiter werden? Davon kann ich euch nur abraten. Das ist ein hartes Brot.«

»Wir wollen Lassowerfen lernen«, sagte Bimbo.

Der Mann, den der Reiter in der Halle Jo nannte, starrte Bimbo verblüfft an. »Was wollt ihr?«

»Lassowerfen lernen.«

»Und wieso, bitte sehr. Willst du dir auf diese Weise einen Freund fangen oder ein paar Sterne vom Himmel holen?«

Bimbo lächelte verlegen. »Ich will bloß mein Fohlen einfangen, wenn es mir abhaut.« Sie erzählte von ihrer Stute und von Shalimar und wie sie gestern stundenlang das Fohlen gesucht habe.

Jo hörte interessiert zu. Dann legte er seine großen Pranken auf Bimbos Schultern. »Von mir aus. Ich hab nichts dagegen. Aber das ist natürlich nicht umsonst. Das kostet mich kostbare Zeit.«

Bimbo und Dany warfen sich einen verstohlenen Blick zu. Daran hatten sie natürlich nicht gedacht.

»W… was schätzen Sie denn so … ww… was wird das kosten?«, stammelte Dany.

Jo tat, als dächte er angestrengt nach. »Na, ich würde sagen, dafür muss euer Daddy mir noch mal so eine Salbe spendieren. Die hat nämlich höllisch gut hingehauen. Mein Pferd war sofort wieder in Ordnung.«

Bimbo nickte lässig. »Das geht schon in Ordnung«, meinte sie großspurig. »Sie müssen mir nur sagen, wie die Salbe heißt.«

»Okay. Ich schreib dir den Namen auf.« Jo schaute Dany an. »Willst du auch Lassowerfen lernen oder bloß zugucken?«

»Wenn ich schon mal hier bin«, antwortete Dany grinsend, »dann kann ich es ja auch probieren, oder? Ich muss dazu ja nicht auf einem von diesen wild gewordenen Pferden sitzen.« Er hatte mit einem Auge die wilde Tour des Reiters durch die Halle verfolgt. Das sah wirklich halsbrecherisch aus. Das Pferd stieg senkrecht in die Höhe, buckelte im nächsten Augenblick wie ein Kater und zog den Kopf zwischen die Vorderbeine, dass jeder andere Reiter in hohem Bogen über den Widerrist und den Hals des Pferdes geflogen und auf dem Boden gelandet wäre. Aber der Reiter saß wie festgenagelt im Sattel und grinste nur.

»An einem Nachmittag lernt man das natürlich nicht«, sagte Jo, als er aus seinem Wohnwagen das Lasso holte. »Ein guter Cowboy wird auch nicht an einem Nachmittag ein guter Cowboy.«

Dany und Bimbo schauten sich neugierig in dem Wohnwagen um. Die Wände waren gepflastert mit Urkunden und Preisen und Fotos, auf denen Jo wie ein richtiger Cowboy auf einem bockenden Pferd saß und das Lasso schwang. Es gab einen Tisch und Sitzmöbel mit grell geblümten Kissen, eine Wachstuchdecke auf dem Tisch und darauf eine Whiskyflasche, ein paar Gläser und Kaffeetassen, die aussahen, als stünden sie dort schon seit Weihnachten. Aber irgendwie, dachte Dany, war es auch ganz gemütlich. Vor den kleinen Fenstern hingen Gardinen und in der Ecke gab es sogar einen kleinen Fernseher. Jo schlang sich das Lasso um die rechte Schulter und schob die beiden wieder nach draußen. »Da hinten gibt es eine Koppel, da können wir gut üben. Denn mitten auf der Koppel steht eine Vogelscheuche. Weiß der Teufel, warum die da steht.«

Ein Lasso ist ein etwa 15 Meter langer Strick mit einer leicht zusammenziehbaren Schlinge. Jo rollte das Lasso einmal ganz auseinander und ließ Bimbo und Dany den Strick der Länge nach abschreiten. Am Ende des Seils war die Schlinge, die mit einer kunstvoll geknoteten Führung mit dem Seil zu einer Schlaufe verbunden war. Dann wickelte Jo das Lasso wieder auf. Er sprang über den Zaun auf die Koppel, die eigentlich mehr wie ein Unkrautacker aussah, und rief: »Na los! Mal sehen, wer einen eleganten Hechtsprung kann.«

Ohne mit der Wimper zu zucken, hechteten Bimbo und Dany hinterher. Dany allerdings landete genau in einer Ackerfurche. Er stolperte und fiel kopfüber auf die Erde. Als er sich aufrappelte, hatte er plötzlich eine Kartoffel in der Hand. »Das ist doch keine Koppel«, sagte Dany. Er ärgerte sich über die unelegante Landung. »Das ist ein Kartoffelacker.«

Jo grinste. »Na wenn schon. Die Kartoffel schenk ich dir.«

»Die ist faul und glitschig.« Dany schleuderte sie in weitem Bogen weg. »Trotzdem danke ich für das großzügige Geschenk.«

Jo grinste. »Mit Sachen, die mir nicht gehören, war ich schon immer verdammt großzügig. Also, da ist die Vogelscheuche. Was schätzt ihr, wie viel Meter entfernt?«

Bimbo taxierte die Entfernung. Die Vogelscheuche war ungefähr so groß wie sie, eine Strohpuppe mit Kopftuch und einer alten Pfeife, die man ihr in den Strohkopf gesteckt hatte, ungefähr da, wo der Mund sein sollte. Gekleidet war die Vogelscheuche mit einem zerschlissenen, zerfetzten Herrenhemd und einem blauen Rüschenrock, unter dem eine gestreifte Pyjamahose mit abgeschnittenen Beinen hervorlugte. Die Strohpuppe war an einen Holzmast gebunden.

»Acht Meter Entfernung«, sagte Bimbo.

Jo sah Dany auffordernd an. »Was schätzt du?«

»Zwölf Meter«, hielt Dany dagegen.

Jo grinste. »Das ist das Erste, was ihr lernen müsst, die Entfernung richtig einzuschätzen. Damit ihr im Gefühl habt, wie viel Kraft ihr dem Schwung geben sollt, mit dem ihr die Schlinge werft. Also, es sind genau zehn Meter. Wollen wir wetten?«

»Nee.« Bimbo schüttelte den Kopf. »Ich wette nie. Ich geb mein Taschengeld lieber für Pistazieneis aus.«

Jo grinste. »Auch in Ordnung. Also, jetzt zeige ich euch, wie man das Lasso in der Hand hält, ganz locker, damit es sich beim Wurf von selber abspulen kann. So.« Er stand breitbeinig in den Ackerfurchen, kniff die Augen zusammen und fixierte die Vogelscheuche. In der linken Hand hielt er das zusammengerollte Lasso, in der rechten die Schlinge, die weit geöffnet war. Dann machte er eine blitzschnelle Vierteldrehung, holte aus und schleuderte die Schlinge los.

Wie ein schiefes eieriges Rad schwebte die Schlinge über den Kopf der Vogelscheuche, und als die Vogelscheuche genau unter der Schlinge war, zog Jo einfach zu. Der Holzpfahl ächzte und beinahe hätte die Schlinge der Strohpuppe den Kopf abgerissen. Im richtigen Augenblick ließ Jo einfach los. Er grinste die beiden an, die mit offenem Mund zugesehen hatten. »So. Das ist alles. Das müsst ihr jetzt nur nachmachen.«

»Haha.« Bimbo seufzte. »Das lerne ich nie.«

»Du hast es ja noch nicht einmal versucht.« Jo stakste über den Acker, um das Lasso zurückzuholen.

»Wie findest du ihn?«, wisperte Dany, als Jo außer Hörweite war.

»Ganz gut. Und du?«, fragte Bimbo.

Dany machte verstohlen ein Victoryzeichen mit der rechten Hand. »Er ist in Ordnung, denke ich.«

»Glaubst du, wir lernen das je?«, fragte Bimbo.

Dany nickte. »Klar. Jo hat es doch auch gelernt. Und so rasend intelligent sieht er nun auch nicht aus.«

»Nicht so laut! Psst!«

Jo kam zurück. »Wer will es zuerst versuchen?«

»Dany«, sagte Bimbo, aber im gleichen Augenblick sagte Dany: »Bimbo.«

Jo grinste. »Ihr habt wohl Angst, euch zu blamieren, was? Also dann schlage ich vor: Ladys first. Bimbo zuerst.«

Zaghaft nahm Bimbo das Lasso in die linke Hand und wog die Schlinge in der rechten. »Ich kann nicht gut werfen«, sagte sie schüchtern. »Ich war im Werfen noch nie gut.«

»Dann lernst du es jetzt«, meinte Jo ungerührt. »Es kommt nur auf die richtige Schulterbewegung an. Auf den Schwung, den du nimmst. Der alte Jo zeigt es dir.«

Sie übten mindestens eine Stunde lang. Bimbo hatte schon Muskelkater im rechten Arm, und Dany hatte noch kein einziges Mal die Vogelscheuche getroffen, geschweige denn dass die Schlinge über den Kopf gefallen wäre.

Dann hätte es Dany einmal um ein Haar geschafft und er platzte fast vor Stolz. Aber Jo meinte nur trocken: »Um ein Haar ist nicht genug. Wenn du als Cowboy auf einer Ranch arbeitest und das Kalb dir um ein Haar entwischt, dann ist das genauso schlimm, als wenn es dir nie begegnet wäre.«

Dany nickte. Wortlos nahm er das Lasso und übte weiter.

Irgendwann sah Jo auf die Uhr. »Jetzt ist die erste Lektion beendet«, sagte er. »Ich muss zu meinem Boss, ein paar Kleinigkeiten regeln.«

»Können wir wiederkommen?«, fragte Bimbo. Sie hatte noch einen feurigen Kopf. »Es macht total viel Spaß.«

Jo grinste. »Okay, kommt einfach wieder, wenn ihr Lust habt. Ihr wisst ja, wo ihr mich findet.«

»Wie lange bleibt ihr denn hier?«, fragte Dany.

»Eine Woche mindestens. Wir warten noch auf die Genehmigung, um nach Dänemark zu fahren. Wir wollen da gleich hinter der Grenze in einem Ort eine Vorstellung geben. Aber es gibt da noch ein paar Schwierigkeiten mit der Veterinärbehörde. Wegen der Impfungen für die Pferde.«

»Kann mein Daddy doch machen«, schlug Bimbo vor.

Jo grinste. »Ich werd's meinem Boss sagen. Aber ich glaube, es geht um die Papiere. Verstehst du?«

Bimbo nickte. Sie gab Jo die Hand. »Bis bald.«

»Okay.« Jo drückte ihre Hand so, dass die Knöchel knackten. »Bis bald. Hat mich gefreut.«

Er schlug Dany auf die Schulter. Dany zuckte zusammen, aber er lächelte tapfer. »Mich hat's auch gefreut.«

Jo brachte die beiden noch zum Ausgang, dann stiefelte er auf einen Wohnwagen zu, über dem »Management« stand.

Bimbo und Dany trabten zur Bushaltestelle.

3. Kapitel

»Daddy, ich wünsch mir zum Geburtstag ein Lasso!«

Bimbo überfiel ihren Vater gleich damit, als er abends ins Haus kam und sein Jackett in der Garderobe aufhängte. »Schenkt ihr mir ein Lasso? Bitte, ich brauche es unbedingt.«

Dr. Brendel ging an Bimbo vorbei. Er sah zerstreut und müde aus, aber Bimbo bemerkte es gar nicht. Sie war von ihrer Idee so ergriffen, dass kein anderer Gedanke Platz hatte. Sie lief hinter ihrem Vater her, der sich im Gästeklo die Hände wusch und dabei einen langen Blick in den Spiegel warf. »Ich glaube, ich muss mich mal wieder rasieren«, stellte er fest und schnitt seinem Spiegelbild eine Grimasse.

»Daddy! Hörst du mir überhaupt zu?«

Dr. Brendel drehte sich um. »Kein Mensch braucht dringend ein Lasso, es sei denn, er will Cowboy werden. Wo ist deine Mutter? Ist sie zu Hause?«

»Daddy!« Bimbo stellte sich ihrem Vater in den Weg. »Vielleicht will ich ja Cowboy werden!«

Dr. Brendel schaute seine Tochter amüsiert an. »Willst du auswandern? Nach Texas? Oder Mexiko? Hier in Europa werden jedenfalls keine Cowboys gebraucht.«

Das Telefon klingelte. Dr. Brendel schob Bimbo zur Seite und lief durch die Halle, um den Hörer abzunehmen. »Praxis Dr. Brendel.« Er lauschte einen Augenblick, dann sagte er: »Ah, Frau Dr. Björnson! Natürlich erinnere ich mich. Von der Vogelschutzwarte…« Wieder lauschte er; sein Gesicht wurde ernst. Dann sagte er: »Okay, ich bin in einer Viertelstunde da. Lassen Sie den Vogel ganz ruhig liegen. Gehen Sie nicht zu dicht an ihn heran, sonst bekommt er noch einen Herzschlag vor Angst. Aber das wissen Sie ja alles ebenso gut wie ich.«

Als Dr. Brendel den Hörer auflegte, steckte Dany den Kopf aus der Wohnzimmertür. »Hab ich richtig gehört? War das eben jemand von der Vogelschutzwarte?«

»Genau.« Dr. Brendel ging zur Garderobe und nahm sein Jackett wieder vom Haken. »Sagt eurer Mutter, ich muss noch mal weg.«

Dany lief hinter ihm her. »Was ist denn los? Ist wieder etwas mit den Seeadlern?«

»Man hat einen Seeadler gefunden. Er hat sich in einem Schlageisen gefangen.«

Dany wurde blass. »In einem Schlageisen? Was heißt das?«

»Das ist eine Fuchsfalle. Der Adler ist in die Fuchsfalle geraten.« Dr. Brendel schaute Dany an. »Das merkwürdige ist nur, dass es hier gar keine Füchse gibt.« Er öffnete die Tür.

»Kann ich mitkommen?«, rief Dany. »Bitte, Onkel Günter! Vielleicht ist es mein Adler! Bitte lass mich mitkommen!«

Dr. Brendel lächelte. »Dein Adler … wie das klingt.« Er hob die Schultern. »Okay. Wenn du dafür auf das Abendessen verzichten willst.«

»Klar.« Danys Augen leuchteten. »Ich hab sowieso keinen Hunger!«

»Na, dann kannst du schon ins Auto steigen. Ich hol nur noch ein paar Sachen aus dem OP.«

Dany drehte sich zu Bimbo um. »Hast du gehört? Dein Daddy nimmt mich mit!«

Bimbo hob die Schultern. »Viel Spaß. Heute Abend gibt es übrigens Heidelbeerpfannkuchen. Dein Lieblingsgericht.« Sie warf den Kopf in den Nacken und verschwand in der Küche.

Das Haus, in dem die Angestellten der Vogelschutzwarte untergebracht waren, lag ganz versteckt hinter einer dichten Weißdornhecke. Eigentlich war es nur eine lang gestreckte Baracke, die winterfest gemacht worden war. In der Baracke gab es Büros, Labors, Schlafräume und eine Abteilung mit Vogelgehegen.

Der Weg, der zu dem Haus führte, war mit einer Eisenschranke versperrt. »Zutritt für Unbefugte strengstens verboten« stand auf dem Schild, das an der Schranke befestigt war. Dr. Brendel bremste und kurbelte das Fenster herunter. Er drückte auf einen kleinen Knopf, der an einem Pfeiler angebracht war. Aus dem winzigen Lautsprecher über dem Leuchtknopf ertönte eine blecherne Stimme. »Ja? Was möchten Sie?«

»Dr. Brendel. Ich bin angemeldet.«

»Okay, Doktor. Wir machen auf. Danke, dass Sie so schnell gekommen sind.«

Lautlos öffnete sich die Schranke. Der Weg hinter der Schranke war noch schmaler, die Holunderbüsche und meterhohes Schilf ließen nur eine winzige Gasse frei. Die Zweige der riesigen Farne schrammten an dem Auto entlang. Dr. Brendel steuerte sehr langsam. »Die Schlaglöcher auf diesem Weg sind so tief, dass ein Mann aufrecht darin stehen kann«, sagte er.

»Und warum machen die nichts dagegen?«

»Ich schätze, dafür ist kein Geld da. Umweltschutzgruppen haben immer zu wenig Geld. Der Staat gibt seine Zuschüsse lieber für andere Projekte. Tierschützer kommen ganz an letzter Stelle.«

»Und warum?«

»Warum?« Dr. Brendel warf Dany einen flüchtigen Blick zu. »Da musst du dich bei den Politikern erkundigen. Schreib einen Brief an den Umweltminister von Schleswig-Holstein. Oder besser: gleich an den Ministerpräsidenten. Vielleicht kriegst du eine Antwort. Und vielleicht sogar eine, mit der du etwas anfangen kannst.«

Der Weg machte eine scharfe Biegung nach links. Unter einem Blechdach standen drei Jeeps nebeneinander. Ein junger Mann im

Overall war über die offene Kühlerhaube eines Jeeps gebeugt. Als er den Mercedes erkannte, ließ er den Schraubenschlüssel fallen und kam sofort. Er strahlte. »Gut, dass Sie da sind, Doktor. Hildegard ist im Außengehege. Hinter der Baracke. Sie können aber mit dem Auto nicht bis dorthin fahren, besser, Sie lassen es hier stehen.«

Dany stieg aus. Neugierig schaute er sich um. Die Baracke machte einen ganz verlassenen Eindruck. Obwohl es schon dämmrig wurde, brannte nirgends Licht. Neben dem Gebäude gab es eine Gruppe von drei sehr schönen alten Eichen, in den Bäumen raschelte und schwirrte es.

Der junge Mann bemerkte Danys neugierigen Blick. »Sturmschwalben«, sagte er. »Sie haben hier gerade ihr Jahrestreffen. Zum Brüten fliegen sie weiter auf die Halligen. Aber es ist ein Gezänk und Geschnatter, dass man es kaum aushält.«

Dany grinste. Er schaute den Schwalben bei ihren Sturzflügen zu. Es sah aus, als würden sie sich aus den Bäumen direkt auf den Boden fallen lassen wollen, aber im letzten Augenblick bremsten sie den Fall und stiegen senkrecht wieder auf. »Ich find's toll«, sagte Dany.

Dr. Brendel hatte seine Instrumententasche aus dem Auto genommen und rief: »Komm, Dany, die Schwalben sind nachher auch noch da. Du willst doch den Adler sehen.«

Dany beeilte sich, ihn einzuholen. Hinter dem Haus gab es riesig hohe Drahtverhaue, die auch oben mit Maschendraht abgedeckt waren. In dem ersten Gehege, an dem sie vorbeikamen, hockte ein Fischreiher. Er schaute ihnen stumm entgegen, ohne sich zu rühren. Dr. Brendel schenkte ihm nur einen kurzen Blick. »Das ist ein alter Bekannter von mir«, sagte er, »dem hab ich einen Angelhaken aus dem Hals geholt. Beinah wär er innerlich verblutet. Wir haben noch mal Glück gehabt.«

Dany schwieg. Er war beeindruckt. Er hatte Dr. Brendel lange nicht mehr auf einer Praxisfahrt begleitet. Und in diesem Augenblick schwor er sich: Von jetzt an werde ich oft mitfahren. In jeder freien Minute. Das nächste Gehege war leer. Im übernächsten hockte eine Ringelgans-Familie. Lustlos trippelten sie zwischen dem Wassernapf und der Futterstelle hin und her.

»Sind die auch krank?«, fragte Dany.

Dr. Brendel schüttelte den Kopf. »Die sind nur hier, weil sie eine Sonde eingebaut bekommen.«

»Eine Sonde? Wozu das denn?«

»Weil man ihren Weg verfolgen will. Sie brüten ganz im Norden, in der Tundra, Island, Grönland, sozusagen mitten auf dem Eis. Sie haben zum Brüten nur wenig Zeit, weil der Sommer im Polarkreis so kurz ist. Man will einfach noch mehr über sie erfahren.«

»Dr. Brendel! Sind Sie es?«

Eine weibliche Stimme kam aus dem letzten Gehege. »Ich bin hier, Doktor. Ach bitte, beeilen Sie sich! Ich glaube, es geht dem Ende zu.«

Dr. Brendel begann zu laufen. Dany rannte neben ihm her. Die Maschendrahttür zum letzten Gehege stand offen. In der Ecke, auf einem Strohballen, saß eine Frau in Jeans und Gummistiefeln, die ein buntes Kopftuch um ihre Haare geschlungen hatte.

Vor ihr auf dem Boden lag der Adler. Er lag auf der Seite, ein grauer, lebloser Federklumpen, und es sah aus, als wäre er tot.

Dany schnappte vor Schreck heftig nach Luft. In ihm verkrampfte sich alles. Nein, dachte er. Bitte nicht. Er soll bitte nicht tot sein!

Dr. Brendel stellte seine Tasche ab. Er beugte sich über den Vogel, die Augen des Tieres waren geöffnet. Es waren strenge, ernste Augen, hellbraun. Sie sahen ganz wach aus. Der scharfe, krumme Schnabel war ein bisschen geöffnet. Als Dr. Brendel die Hand ausstreckte, schloss der Adler die Augen. »Er ist noch nicht tot«, sagte er. »Wo ist denn die Verletzung?«

»Unter dem Bauch. Er liegt dummerweise drauf. Ich wollte ihn umdrehen, aber das lässt er sich nicht gefallen. Zuerst hat er sich noch bewegt und ist vor mir davongehüpft. Aber jetzt liegt er nur noch da.«

Dr. Brendel nickte. Er öffnete die Instrumententasche und nahm ein großes, langes Leinentuch heraus. Vorsichtig schob er es dem Tier unter die Flügel. »Fass mal an, Dany.«

Dany gehorchte. Langsam hoben sie das Tier, das jetzt wie in einer Hängematte lag, hoch. »Wir müssen ans Licht«, sagte Dr. Brendel. »Können wir in eines der Labors?«

»Natürlich.« Frau Dr. Björnson stand sofort auf. Dany sah, dass sie eine kleine, ziemlich dicke Frau war. Sie warf Dany einen freundlichen Blick zu. »Hallo. Du bist wahrscheinlich der Assistent.«

»Das ist mein Neffe«, sagte Dr. Brendel. »Der Sohn meines Bruders. Sie kannten ihn ja.«

Frau Dr. Björnson schaute Dany aufmerksam an. »Ja. Ich habe deinen Vater gut gekannt. Wir haben zusammen studiert, im selben Semester. Ich bin auch einmal mit ihm in Afrika gewesen.« Sie lächelte, wandte sich wieder an Dr. Brendel: »Ich gehe voraus. Achtung, stoßen Sie sich nicht den Kopf, die Türen sind so niedrig.«

Sie umrundeten wieder die Baracke und betraten sie durch eine der grün lackierten Türen, auf der nur eine Zahl stand.

»Ich mache Licht. Einen Augenblick.«

Im nächsten Augenblick flammte ein grelles Neonlicht auf, und Dany sah an den Wänden Glasschränke und Vitrinen, ein Bücherbord und in der Mitte zwei Schreibtische, die gegeneinandergestellt waren. Vor jedem Schreibtisch stand ein Drehhocker. Frau Dr. Björnson räumte hastig die Sachen weg, die auf dem Schreibtisch lagen.

»So. Jetzt können Sie ihn hier draufsetzen.«

»Er wird alles verschmieren«, sagte Dr. Brendel warnend. »Sein Gefieder ist voller Blut.«

Frau Dr. Björnson lächelte. »Das macht nichts. Die Tische sind abwaschbar. Hauptsache, wir können dem armen Tier helfen.«

Die Wunde war handbreit und lag unter dem linken Flügel; sie ging ganz tief. Dr. Brendel zog sie mit zwei Pinzetten auseinander. Dann nickte er ernst. »Schlimm. Sieht schlimm aus. Möglich, dass alle Muskeln durchtrennt sind. So eine gottverdammte Schweinerei. Wenn mir der Kerl über den Weg laufen würde, der das auf dem Gewissen hat ...«

»Ich bin ja froh, dass unsere Leute ihn gefunden haben«, sagte die Vogelschützerin. »Sonst wäre er elend verendet.«

»Oder von diesem verdammten Fallensteller an irgendeinen Ölscheich verkauft worden.«

Dr. Brendel bereitete die Operation vor. Der Adler wurde mit Chloroform betäubt, das auf einen Wattebausch geträufelt worden war. Es war Danys Aufgabe, den Wattebausch dicht an den Schnabel des Adlers zu halten. Dany wurde dabei selbst ein bisschen schwummerig, und die Vogelschützerin schob ihm einen Hocker hin, damit er sich setzen konnte. Es war genau der letzte Moment. Dany fürchtete schon, er würde einfach umkippen.

Der Adler ließ alles mit sich geschehen. Er war ganz apathisch und leblos. Durch das Chloroform wurde er noch schlapper. Seine Krallen, die bis zum Schluss fest angezogen waren, entspannten sich auf einmal, und er ließ den Kopf zur Seite fallen.

Dr. Brendel operierte. Er sprach dabei kein einziges Wort. Die Vogelschützerin assistierte ihm. Sie wusste offenbar immer genau, was er brauchte. Messer, Pinzette, Skalpell, Nadel und Faden, Tupfer. Als die Wunde verschlossen war, lächelte Dr. Brendel plötzlich. Er schaute die Frau an. »Danke«, sagte er. »Das war prima.« Er hob die Hände. »Kann ich mich irgendwo waschen?«

»Natürlich. Dritte Tür links ist das Klo.«

Sie folgte ihm aus dem Raum und plötzlich war Dany mit dem Adler allein. Ganz sanft strich Dany mit den Fingern über das Gefieder. Es fühlte sich merkwürdig an, stark und fest und ölig. Die Augen des Adlers waren immer noch geschlossen. Dany beugte sich über seinen Kopf. »Bald kannst du wieder fliegen«, flüsterte er. »Dann komm ich an den Strand und schau dir zu, wenn du Fische fängst und deine tollen Flugkunststücke machst. Mein Onkel ist ein toller Tierarzt. Du bist bestimmt bald gesund.«

»Haltet ihr Zwiegespräche?«, fragte Frau Dr. Björnson amüsiert, als sie in den Raum zurückkehrte.

Dany wurde rot. »Ich hab ihm nur ein bisschen Mut gemacht, ich hab gesagt, er kann bald wieder fliegen.«

»Hoffentlich. Für die nächsten Tage muss ich ihn erst einmal ins Gehege tun. Jetzt wäre er eine leichte Beute für diesen verdammten Wilderer.«

Dany schaute sie an. »Glauben Sie, dass es der Gleiche ist, der auch die Eier aus dem Horst gestohlen hat?«

»Ich weiß es nicht. Es ist schon möglich. Wir haben noch keinen Hinweis. Aber ich werde die Horste bewachen lassen. Es geht so nicht weiter. Ich dachte, hier sind wir vor solchen Dieben sicher. Das war ein folgenschwerer Irrtum.«

»Wie wollen Sie die Horste denn bewachen lassen?«

»Von freiwilligen Tierschützern. Die müssen in einem Umkreis von dreihundert Metern die Horste bewachen. Sie dürfen niemanden näher heranlassen. Und sie dürfen selber auch nicht näher an den Horst gehen. Seeadler sind extrem menschenscheu.«

Dany nickte. »Das habe ich schon gelesen.« Er lächelte schüchtern. »Ich habe alles über Seeadler gelesen. Ich hab nämlich neulich einen von ihnen beobachtet, wie er einen Fisch gefangen hat.« Er breitete die Arme aus. »Einen riesigen Fisch. Für eine Großfamilie.«

Die Vogelschützerin lächelte gerührt. »Großfamilien haben wir noch nicht. Die Eier sind gerade erst gelegt. Weißt du, wie lange die Brutzeit bei Seeadlern ist?«

Dany nickte stolz. »38 bis 42 Tage.«

»Stimmt genau. Guter Junge.« Die Frau legte ihm die Hand auf den Kopf. »Dein Vater wäre bestimmt stolz auf dich, wenn er dich so sehen könnte.«

Dany schluckte schwer, aber dennoch leuchteten seine Augen auf.

Dr. Brendel kam zurück. »Ist er schon wach?«

»Noch nicht ganz, glaube ich.«

»Dann bleiben wir lieber, bis er richtig aufgewacht ist.« Er schaute die Frau an. »Vielleicht spendiert uns die Gastgeberin einen Kaffee oder so etwas?«

»Oder trinken Sie lieber einen Whisky, Doktor?«

Dr. Brendel zwinkerte Dany zu. »Wenn du es nicht weitersagst, trinke ich heute auch einen Whisky.«

Dany hob die Schultern. »Das ist mir doch egal.«

»Du kriegst eine Cola. Wenn du mit mir in die Küche kommst und mir tragen hilfst.«

Es dauerte noch eine halbe Stunde, bis der Seeadler wieder zu sich kam. Im gleichen Augenblick packte Dr. Brendel ihn und wickelte ihn wieder in das Tuch. Der Seeadler versuchte, ihm die scharfen, kräftigen Krallen in den Arm zu schlagen, aber Dr. Brendel war schneller. Er grinste. »Du bist ja schon wieder richtig fit. Freut mich, alter Junge.«

Dany und Dr. Brendel trugen den Vogel in das Gehege und schlossen die Tür. Inzwischen war es vollkommen dunkel. Auch das Geschwirr und Gekreisch der Sturmschwalben war plötzlich verstummt. Es war beinah unheimlich still. Kein Lüftchen regte sich.

»Kann man denn den Vogel hier allein lassen?«, fragte Dany. »Wird er nicht bewacht? Das ist doch viel zu gefährlich.«

»Ich nehme an, dafür ist gesorgt. Wir wollen uns mal nicht den Kopf anderer Leute zerbrechen. Ich hab einen Bärenhunger. Du auch?«

Dany nickte. »Es gibt Heidelbeerpfannkuchen.«

»Na, für mich hoffentlich ein ordentliches Steak – Heidelbeerpfannkuchen ist etwas für Kinder.«

Als sie sich von Frau Dr. Björnson verabschiedeten, stellte Dany seine Frage noch einmal: »Wird der Adler heute Nacht bewacht?«

Frau Dr. Björnson nickte. »Natürlich. Was glaubst du? Ich werde mir also wieder einmal die Nacht um die Ohren schlagen. Ihr könnt an mich denken, wenn ihr euch in euren gemütlichen Betten umdreht.«

»Haben Sie sonst niemanden?«, fragte Dr. Brendel. »Müssen Sie mit Ihren zwei Leuten immer alles selber machen?«

»Klar.« Frau Dr. Björnson nickte müde. »Sie wissen doch, wie das ist. Wir arbeiten immer nur mit Freiwilligen. Geld vom Staat oder mehr Angestellte, das ist nicht drin.«

Dany hatte sich schon eine Weile Gedanken gemacht. Er nahm seinen ganzen Mut zusammen. »Wenn Sie wollen, könnte ich auch mal Wache schieben.«

»Du musst in die Schule.« Dr. Brendel schob ihn zum Auto.

»Aber Samstag und Sonntag ist schulfrei!«, rief Dany. Er begeisterte sich immer mehr für die Idee. »Da könnte ich am Tag schlafen. Außerdem bin ich sicher, dass Bimbo, Molle und Peggy auch mitmachen würden. Wir könnten doch eine Isomatte mitnehmen und unsere Schlafsäcke …«

Frau Dr. Björnson hatte ernst zugehört. »Das klingt gut«, sagte sie. »Euch würde ich vertrauen. Ich bin sicher, ich könnte mich auf euch verlassen. Besprecht das mal zu Hause und sagt mir Bescheid. Für Freitagnacht fehlen mir nämlich noch ein paar Leute.«

»Es war mein Seeadler, Peggy! Ich bin ganz sicher!« Dany stürzte ins Zimmer. »Wenn ich den Kerl erwische, der so etwas Gemeines macht!«

Peggy, die an ihrem Schreibtisch saß und Vokabeln büffelte, schaute verwirrt auf. »Wovon redest du eigentlich?«

»Ich war bei der Vogelschutzwarte, mit Onkel Günter.« Dany lehnte sich gegen die Schreibtischkante. »Stell dir mal vor, die Leiterin der Vogelschutzwarte hat unseren Vater gekannt! Sie hat mit ihm studiert! Sie war sogar einmal mit ihm in Afrika gewesen!« Er holte tief Luft. Der Gedanke an diesen Zufall überwältigte ihn. »Vielleicht studiere ich auch Biologie, wenn ich groß bin. Vielleicht werd ich Verhaltensforscher oder so was. Das muss toll sein, auf einer Vogelschutzwarte zu arbeiten und …«

Molle steckte ihren Kopf ins Zimmer. »Kannst du mir mal die Vokabeln abhören, Peggy? Ich krieg sie einfach nicht in meinen Kopf.«

»Latein ist grausam«, sagte Dany mit einem Blick auf das Buch.

»Wem sagst du das.« Molle schaute Peggy an. »Hast du sie schon gelernt?«

»Ich kann ja nicht. Mein Bruderherz stört mich ewig.« Sie zwinkerte Molle zu. »Du weißt ja, sein neuer Freund. Der Seeadler …«

Dany zeigte den beiden einen Vogel. »Mit euch kann man eben über so was nicht reden.«

»Versuch's doch mal mit Bimbo!«, rief Molle ihm hinterher. »Die hat schon immer nach dir geschrien. Da hat jemand angerufen. Keine Ahnung, um was es geht.«

Dany machte sich auf die Suche nach Bimbo.

Er entdeckte sie im Badezimmer. Bimbo schrubbte gerade mit einer Nagelbürste Bens Hände, die er jammernd über das Waschbecken hielt.

»Schau dir diese Sauerei an!«, schimpfte Bimbo. »Ben hat alle meine Filzstifte ausprobiert – und natürlich nicht wieder zugeschraubt. Ausgerechnet meine neuen Stifte. Und von den Händen kriegt man das sowieso nicht ab. Da müssen wir Bimsstein besorgen.«

»Au!«, schrie Ben, als Bimbo zornig mit der scharfen Nagelbürste seinen Handrücken schrubbte. »Das tut doch weh!«

Dany interessierte das Problem nicht im Geringsten. »Ich hab gehört, du suchst mich? Jemand hat angerufen oder so was.«

»Ja, das war Jo. Er sagt, wir könnten uns morgen woanders treffen zum Lassotraining. Ganz nah bei uns irgendwo. Er will da einen Freund besuchen. Wär doch prima, da brauchen wir nicht wieder die endlose Tour mit dem Bus zu machen.«

»Wenn der Freund nichts dagegen hat.« Dany grinste. »Ich hoffe, da muss man nicht im Wohnzimmer trainieren. Wir könnten zum Beispiel die Stehlampe mit dem Lasso einfangen.«

»Oder die Kaffeekanne auf dem Wohnzimmertisch.« Bimbo grinste.

»Keine schlechte Idee. Ich fürchte nur, das wäre auch das Ende der Freundschaft von Jo und diesem Typen. Hast du dir aufgeschrieben, wie er heißt?«

Bimbo nickte. Sie drehte Dany den Rücken zu. »In meiner Hosentasche ist der Zettel. Zieh mal raus. Ich hab nasse Finger.«

Auf dem Zettel stand »Dickie, Moorfleet 3«.

»Wo soll das denn sein – Moorfleet?«

»Das ist hinter dem Leuchtturm. Aber noch vor dem Kliff. Da gibt es so ein altes Fischerhaus, das hat jahrelang leer gestanden. Ich weiß schon, wo das ist. Wollen wir da morgen zusammen hinfahren?«

Dany nickte. Er steckte den Zettel ein.

Molle strolchte ziellos durchs Haus. Sie war nach der Schule heimgekommen, ganz allein, weil Peggy noch eine Gruppenarbeit für Geometrie organisieren musste, und stellte fest, dass der Süderhof verlassen war.

Weder der alte Diesel ihres Daddys hatte im Hof gestanden noch der kleine grüne Fiat ihrer Mutter. Kalle war immer noch bei seinem Bruder auf Helgoland, und an der Kliniktür hing ein Schild »Heute keine Kleintierpraxis«.

Molle ging in den Obstgarten, um Sybille einen Besuch abzustatten. In der Sonne zwischen zwei Johannisbeersträuchern hielt die Schildkröte ihren Mittagsschlaf. Sanft streichelte Molle den Rückenpanzer der Schildkröte. »He, altes Haus, wach auf! Ich will mich ein bisschen mit dir unterhalten«, sagte sie. »Ich langweile mich. Das kannst du bestimmt verstehen. Schildkröten langweilen sich bestimmt auch oft. Hab ich recht?« Es dauerte eine ganze Weile, bis Sybille sich bequemte, ihren Kopf unter dem Panzer hervorzustrecken. Ihr altes faltiges Gesicht zeigte keine Regung, als sie sich umdrehte, um Molle anzusehen.

»Ich schätze, du bist verdammt einsam, Sybille«, murmelte Molle, ohne das Streicheln zu unterbrechen. Sie wusste, dass Sybille das liebte. »Wir hätten dir längst mal einen Freund besorgen sollen. Oder einen Liebhaber.« Bei dem Gedanken musste sie lachen.

»Dabei wissen wir nicht einmal, ob du ein Männchen oder ein Weibchen bist.« Sie versuchte, sich an den Tag zu erinnern, als ihr Daddy Sybille auf den Süderhof gebracht hatte. Es schien ihr eine Ewigkeit her zu sein.

War das zu der Zeit, als auch James Bond, der Papagei, gekommen war? In diesem Augenblick erfüllte sein Geschrei gerade die ganze Gegend. »Na du alter Scheißer, komm her, gib Küsschen«, kreischte er.

Molle schaute sich um. Sie konnte James Bond nirgendwo entdecken. Sie flötete den Anfang vom »River-Kwai«-Marsch. Das war der Lockruf für James Bond.

Einen Augenblick war es still. Dann kreischte die schrille Stimme los: »Hau ab, du alter Trottel, wir kaufen nichts!«

Molle lachte. »Ich will mich mit dir unterhalten. Komm her! Wo steckst du?«

James Bond begann plötzlich zu flöten. Er konnte ein paar Opernarien flöten, die Molle aber nicht voneinander unterscheiden konnte. Oma Brendel sagte, es wären alles Arien aus *La Traviata*. Aber ob das stimmte?

Dann segelte James Bond mit seinen gestutzten Flügeln aus dem alten Birnbaum herab. Er verfehlte Molle um ein paar Zentimeter und landete etwas unbeholfen auf der Obstwiese. Beinahe hätte er einen Purzelbaum geschlagen, aber im letzten Augenblick konnte er noch sein Gleichgewicht finden.

Als Sybille plötzlich vor ihm auftauchte und neugierig ihren Hals ganz lang streckte, schlug er aufgeregt mit den Flügeln. »Ich bin ein süßer Dreckspatz!«, schrie er. »Wo ist die Badewanne?«

Bei dem Gekreisch zog Sybille schnell den Kopf wieder ein und watschelte in dem hohen Gras davon.

Molle streckte James Bond die Hand entgegen. Und James Bond hüpfte erleichtert an ihrem Arm empor, um sich dann ganz gemütlich auf ihrer Schulter niederzulassen. Zärtlich knabbert er ein bisschen an ihrem Ohr. »Du süßer Fratz, du!«, flötete er.

»Selber süßer Fratz«, antwortete Molle lachend. Ihre gute Laune war schon wieder zurückgekehrt.

So verlassen konnte der Süderhof gar nicht sein, dass man sich wirklich einsam fühlte. »Trotzdem hätten Bimbo und Dany ruhig sagen können, wo sie heute Nachmittag hinfahren, einfach abhauen und nichts sagen, ist doch doof. Findest du nicht?«

James Bond beugte seinen Kopf vor und ließ sich von Molle zwischen den Halsfedern kraulen. Vor lauter Behagen knirschte er mit seinem krummen Schnabel. Er war sowieso derselben Meinung wie Molle. Als Molle mit ihm ins Haus zurückging, schlug er erregt mit den Flügeln und schaute sich stolz im Obstgarten um. »In Afrika ist Muttertag!«, schrie er.

Aber niemand schien sich dafür zu interessieren.

4. Kapitel

»Da seid ihr ja! Donnerwetter, ich glaub, es gibt so ein deutsches Sprichwort: Höflichkeit ist die Pünktlichkeit der Könige, was? Eben hat es vom Kirchturm drei geschlagen und schon seid ihr da!« Jo schlug Dany mächtig auf die Schulter. Dany wurde zwanzig Zentimeter kleiner. Er grinste aber trotzdem tapfer. »Hallo, Jo.«

Bimbo streckte Jo die Hand hin. »Hast du das Lasso mitgebracht?«

»Klar, ist in meinem Auto. Aber wollt ihr nicht erst mal meinem Freund Dickie Guten Tag sagen? Ich wette, so ein Haus wie seines habt ihr noch nie gesehen.«

Jo deutete auf das windschiefe Fischerhaus, dessen Holztür offen stand. Im Innenraum war es stockdunkel. Jo drückte die Tür weiter auf. Sie ächzte in den rostigen Angeln. »Dickie wird das alles noch in Ordnung bringen«, sagte Jo entschuldigend. »Er muss nur erst mal seine ganzen Viecher unterbringen. Seine Viecher kommen immer zuerst, versteht ihr?«

»Was sind denn das für Tiere?«, fragte Dany, während er hinter Jo in den dunklen, muffig riechenden Flur stolperte.

Jo grinste. »Besondere Tiere.«

»Hier riecht es komisch«, stellte Bimbo naserümpfend fest. »Was ist das für ein komischer Geruch?«

Jo hob die Schultern. »So riecht es immer da, wo Dickie arbeitet. Daran gewöhnt man sich.« Er stieß eine Tür auf. Durch die geschlossenen Holzläden kamen nur dünne Streifen von Sonnenlicht. An den Wänden waren Regale und in den Regalen standen Blechdosen. In der Mitte war ein Tisch, auch aus Blech. »Hier riecht es noch ekliger«, sagte Bimbo. »Außerdem ist mir kalt.«

»Kalt muss es sein, das braucht Dickie«, sagte Jo. »In warmen Räumen kann er nicht arbeiten. Da gehen die Sachen sofort kaputt.«

»Was für Sachen?«, fragte Dany. Ihm wurde irgendwie unheimlich. Jo stieß noch zwei Türen auf, aber auch diese Zimmer waren vollkommen dunkel und irgendwie modrig.

»Dickie, verdammt, wo steckst du?«

»Oben«, schrie Dickie, »die Hühnerleiter hoch! Aber zieh deinen verdammten Kopf ein, sonst kriegst du Beulen. Ich hasse Menschen, die wie kleine Teufelchen mit Hörnern herumlaufen.«

Jo gluckste. »Das sind Dickies Scherze. Der macht immer solche Scherze.«

»Er redet komisch«, meinte Bimbo. »Was ist das für ein Akzent?«

»Dickie kommt aus Australien. Er ist mal zur See gefahren, genau wie ich, auf so einem Seelenverkäufer, der unter koreanischer Flagge fuhr. Wir sind vor Formosa auf ein Riff aufgelaufen. Die halbe Besatzung ertrunken. Na, ich sage euch, das war was.«

Bimbo nahm Danys Hand. Irgendwie wäre sie lieber wieder nach draußen ins Sonnenlicht gegangen. Sie konnte den Geruch in diesem alten, dumpfen Haus kaum ertragen.

Aber Jo begann gerade, die Hühnerleiter am Ende des engen dunklen Flurs emporzusteigen.

Er drückte die Dachluke hoch und rief: »Können wir raufkommen, Dickie? Ich hab Besuch mitgebracht.«

»Was für einen Besuch?«, fragte Dickie von oben. Die Kinder standen am Fuß der Leiter und warteten. Dany und Bimbo schauten sich an und Bimbo dachte, was Dany wohl denkt. Und Dany dachte, was Bimbo wohl denkt. Beide sahen viel blasser aus als vor einer Stunde. Aber so etwas kann natürlich auch am Licht liegen. Und das Licht war hier besonders schummrig …

»Das sind Freunde von mir. Kinder. Na ja, Heranwachsende sagt man heute wohl. Ich geb ihnen Unterricht.«

Man hörte ein glucksendes Lachen, und dann grummelte Dickie: »Was das wohl für ein Unterricht ist? Du machst doch da, wo andere ihren Namen hinschreiben, nur drei Kreuze.«

»Unterricht im Lassowerfen, du Esel«, schrie Jo nach oben. Er schlug die Bodenluke ganz zurück und kletterte auf den Dachboden. »Donnerwetter!«, rief er plötzlich. »Dein Gruselkabinett ist ja fast komplett.«

»Sag nicht immer Gruselkabinett, das hör ich nicht gern«, gab Dickie zurück.

Bimbo und Dany warfen sich vielsagende Blicke zu – Gruselkabinett!!! Jos Kopf erschien wieder in der Dachluke. »Kommt rauf!«, rief er fröhlich. »Gleich werdet ihr staunen.«

Beherzt stieg Bimbo als Erste die Hühnerleiter hoch.

Einen Augenblick glaubte Bimbo, sie träume. Sie kniff die Augen zusammen, riss sie wieder auf, aber als das Bild immer noch nicht verschwunden war, machte sie die Augen gleich wieder zu. Mit beiden Händen klammerte sie sich an das Geländer der Hühnerleiter und bewegte sich keinen Schritt weiter.

»Was ist? Geh doch weiter!« Dany gab ihr einen kleinen Schubs. Bimbo schluckte. Sie drehte sich zu Dany um. »Das ist Wahnsinn!«, flüsterte sie. »Der absolute Wahnsinn!«

Von oben dröhnte Jos fröhliche Stimme. »Sportlich seid ihr nicht gerade, was? Das ist nicht die Eiger-Nordwand und auch nicht der steile Rücken eines Hengstes, den ihr erklimmen sollt, sondern nur eine kleine Holzleiter. Nun komm schon, Lady.« Er zog Bimbo die letzten zwei Sprossen hoch.

Dany folgte ihr.

»Hallo!« Ein Mann mit schwarzem Vollbart, der fast seine ganze untere Gesichtshälfte bedeckte, hielt ihnen die Hände zur Begrüßung hin. »Willkommen in Dickies Panoptikum. Fühlt euch ganz wie zu Hause. Ich muss nur eben noch der Schleiereule die

Augen einsetzen, dann hab ich Zeit für euch. Jo, biete den Herrschaften doch mal einen Drink an. Da muss irgendwo noch 'ne Flasche Apfelsaft rumstehen. Aber wisch die Becher da auf dem Bord lieber aus. Da können ein paar tote Spinnen drin sein. Die fallen hier einfach vom Gebälk.«

Dickie redete wie ein Grammofon. Er bemerkte überhaupt nicht die bestürzten Gesichter von Bimbo und Dany.

Jo schien auch nichts zu bemerken. Pfeifend machte er sich auf die Suche nach der Apfelsaftflasche, während Dickie an seinen Arbeitsplatz unter der schrägen Dachluke zurückkehrte.

Da hockte, auf einem Holzgestell, eine lebensgroße Schleiereule, nur da, wo sonst die Augen sind, waren zwei Löcher.

Bimbo, die eigentlich von einem Vater, der Tierarzt ist, einiges gewohnt war, griff nach Danys Hand. »Ich will wieder runter«, flüsterte sie. »Ich glaub, mir wird gleich schlecht.«

In diesem Augenblick drehte Dickie sich zu ihnen um. Mit der Pinzette hatte er eine kleine braune Kugel aufgespießt, die er jetzt hochhielt. »Schaut euch das an. Gibt's im Kaufhaus, in der Kurzwarenabteilung. Kostet nur zwanzig Cent. Und sieht trotzdem haargenau so aus wie das Auge der Schleiereule. Täuschend echt, würde ich sagen. Junge, kannst du mal den Topf mit dem Kleber rüberbringen. Da auf dem Hocker. Wo der Pinsel drinsteckt.«

Dany gehorchte. Er hob den Kleistertopf auf und näherte sich vorsichtig dem Vogel auf der Stange. »Ist … d… d… der e… echt?«, stammelte er.

Dickie strahlte. »So echt wie du und ich. Bloß dass er nicht mehr lebt. Aber Federn, Kopf, Schnabel, Krallen, alles echt. Fass mal die Krallen an, wie scharf die sind. Damit hat die Eule bestimmt ein paar dutzend Mäuse geschlagen und Marder und Ratten. Und Wiesel. Na, all das kleine Getier, das so lecker schmeckt.« Ganz vorsichtig tauchte er die Glaskugel zur Hälfte in die Klebemasse und drückte sie dann in die Augenhöhle der Eule.

»Jetzt das Krepppapier«, befahl er. »Drüben auf dem Bord.«

Dany holte auch das Krepppapier. Dickie riss ein Stück ab und knüllte es zusammen, um es dann auf das Auge zu drücken. Dabei schaute er zum ersten Mal Bimbo an. »Du siehst blass aus«, stellte er fest. »Hast du die Schwindsucht oder so was? Das Klima hier soll doch gesund sein.«

»Ich hab nichts«, flüsterte Bimbo. »Mir geht's gut.« Zitternd ging sie auf einen Fischotter zu, der am Boden hockte und sie anstarrte. »Ist der … auch … ich meine, ist der auch echt?«

Jo hatte endlich eine aufgerissene Apfelsafttüte gefunden. Mit drei Bechern, die in seiner Armbeuge steckten, kam er zurück. »Alles, was ihr hier stehen seht, ist echt«, erklärte er fröhlich. »Alle Tiere sind von meinem Freund Dickie persönlich ausgeweidet, mit Holzwolle ausgestopft und präpariert worden.«

»Nicht Holzwolle, Jo! Das macht man heute mit einer Kunstfaser, so einer Art Plastikschaum. Funktioniert fantastisch.« Dickie klebte auch das zweite Auge an, drückte es fest und trat dann einen Schritt zurück, um sein Werk zu bewundern. »Na?«, fragte er Beifall heischend. Er drehte sich zu Dany und Bimbo um. »Sieht verdammt lebendig aus, was?«

Bimbo nickte beklommen.

»Und was machen Sie jetzt mit der Schleiereule?«, fragte Dany.

»Die gehört mir schon nicht mehr. Die ist verkauft. An einen Mann in Saudi-Arabien. Sehr guter Kunde von mir. Zahlt jeden Preis für Vögel, die es dort unten nicht gibt.«

Er zündete sich eine Zigarette an, während Jo die Becher mit dem Apfelsaft herumreichte. »Und ihr? Wo habt ihr Jo kennen gelernt? Jo kennt normalerweise nicht so nette junge Leute wie euch.«

»Hör bloß auf, Dickie, ich kenn einen Haufen netter Leute«, protestierte Jo. »Die beiden hab ich auf dem Süderhof kennen gelernt. Die standen da blöd rum, als ich zum Doktor wollte.«

Dickie runzelte die Stirn. »Süderhof … Süderhof … kommt mir irgendwie bekannt vor. Ich bin zwar erst vor ein paar Wochen hier eingezogen. Aber der Name Süderhof sagt mir was …«

»Ihr Vater ist der Tierdoktor Dr. Brendel. Hat eine Tierklinik auf dem Hof. Kümmert sich um Hunde, Schafe, Kühe, Pferde und alles andere Viehzeug in der Gegend zwischen Husum und Rantum. Oder noch ein bisschen weiter.« Jo schwatzte unbekümmert drauflos, er merkte nicht, wie sein Freund Dickie immer schweigsamer wurde und nervös die Zigarettenasche auf den Boden schnippte.

Als Jo mit seiner Erklärung zu Ende war, ging Dickie zur Leiter. »Lasst uns runtergehen. Ich dachte, ihr wollt Lassowerfen üben. Also los.«

Dany warf Bimbo einen Blick zu. Komischer Kerl, bedeutete dieser Blick. Gefällt mir nicht.

Bimbo nickte. Sie stiegen hinter Dickie und Jo die Leiter herunter und folgten den beiden Männern durch den engen, muffigen Flur zum Ausgang. Helles Sonnenlicht fiel durch die angelehnte Tür. Bimbo war froh, als sie wieder im Freien war. Sie atmete tief durch.

Dany folgte Jo, der aus dem Kofferraum seines Autos das Lasso holte. »Macht dein Freund so was oft?«, fragte er.

»Was?«

»Na, Tiere ausstopfen, meine ich.«

Jo grinste. Er wickelte das Lasso auf und hängte es sich über die Schulter. »Klar macht er das oft. Es ist sein Job, verstehst du? Damit verdient er seinen Lebensunterhalt. Sobald ein Auftrag reinkommt, macht er sich an die Arbeit.«

Dany nickte. »Und woher kriegt er die toten Tiere?«

»Keine Ahnung. Beziehungen, schätze ich mal. Da gibt es immer so Typen, die wissen, wo man einen Eisbären oder ein Krokodil herkriegt.« Er winkte Bimbo. »Wir gehen da rüber, hinters Haus!«, rief er.

Hinter dem alten Fischerhaus (eigentlich war es ja nur eine baufällige Hütte) dehnte sich ein riesiger, ganz verwildeter Garten. Hüfthohe Brennnesseln, die Disteln blühten und zwischen dem hohen Gras ragten Brombeerranken auf. Am Ende des Gartens war ein baufälliger Schuppen und daneben standen kleine Drahtverhaue.

Dany kämpfte sich durch das hohe Gras und betrachtete neugierig den Schuppen und die Drahtkäfige. In einem stand ein Napf, in dem etwas schimmeliges Fleisch lag, in dem anderen ein Topf mit Wasser, aus dem gerade ein Spatzenpaar trank. »Was macht er denn mit den Käfigen?«, rief Dany zu Jo hinüber, der Bimbo gerade einen Lassotrick zeigte. »Ich denke, der kriegt nur tote Tiere.«

»Manchmal sind die Tiere eben noch lebendig, wenn sie kommen«, rief Jo zurück. »Das kommt immer auf den Zeitplan an. Tote Tiere kann er nicht liegen lassen, die verwesen ja, aber lebendige Tiere kann er eine Weile halten, bis er Zeit hat, sie auszustopfen.«

Dany bekam eine Gänsehaut. Schnell wandte er dem Schuppen den Rücken zu und gesellte sich zu Bimbo, die gerade ihren ersten guten Lassowurf schaffte.

»Gut, die kleine Lady, ganz Klasse!« Jo schlug ihr anerkennend auf die Schulter. »Bald kannst du einen Adler im Flug fangen, wenn du so weitermachst.«

Dany stockte der Atem. »Wie kommst du gerade auf einen Adler, Jo?«

»Wie ich auf einen Adler komme?« Jo rollte das Lasso wieder auf und gab es Dany in die Hand. »Keine Ahnung, ist mir gerade so eingefallen. Eigentlich wollte ich nur sagen: Bald schafft sie auch etwas, was man eigentlich gar nicht schaffen kann. Natürlich kann man keinen fliegenden Vogel mit dem Lasso einfangen.« Er lachte und rieb seine Hände. »Jetzt du, Dany. Zeig, was du kannst.« Er deutete auf einen Zaunpfahl. »Wickel dem mal das Lasso um den Hals.«

Dany holte aus und schleuderte das Seil. Es segelte ein bisschen eierig in der Luft, aber Dany beobachtete es ganz genau, im richtigen Augenblick zog er zurück, und schon hatte die Schlinge sich um den Zaunpfahl gelegt.

Jo schaute sprachlos vor Stolz von einem zum anderen. »So schnell wie ihr hat es noch keiner gelernt. Das ist irre. Wollt ihr es mal meinem Freund Dickie vorführen? Wo ist der eigentlich?«

»Ich glaube, er telefoniert«, sagte Bimbo. Sie war ganz froh, dass er nicht da war. Aber das mochte sie vor Jo nicht laut sagen, denn Dickie war schließlich Jos Freund.

»Okay, dann üben wir noch zwei-, dreimal und dann könnt ihr abdampfen und ich werde mit meinem Freund ein paar Bierchen trinken und von alten Zeiten reden.«

Die nächsten Würfe klappten nicht mehr ganz so gut, aber mit dem letzten Wurf schaffte es Bimbo, Dany einzufangen, der über die Wiese laufen musste. Und Dany fing Jo ein, und zwar so, dass er nicht einmal seine Arme aus der Schlinge ziehen konnte.

»Ein Superwurf!«, lobte Jo, als Dany ihn befreite. »Das macht echt Spaß, mit euch zu arbeiten. Wie wär's, wollt ihr vielleicht Cowboys werden oder Rodeoreiter? Ich red mal mit meinem Boss. Wir brauchen immer junges Blut.«

»Ich schätze, das würde meinem Daddy nicht gefallen«, meinte Bimbo.

»Der ist nämlich der altmodischen Ansicht, dass man erst seine Schule beenden muss«, fügte Dany hinzu.

Jo nickte feierlich. »Recht hat er. Sehr recht. Ich bin in der vierten Klasse von der Schule abgehauen. Das hätte ich nicht machen sollen. Dann könnte ich jetzt Rechtsanwalt oder Politiker oder so was sein und müsste nicht auf einem wilden Gaul rumreiten.« Er wickelte das Lasso auf und legte es Bimbo in die Hände. »Schenk ich euch. Als Andenken.«

Bimbo starrte ihn an. »Echt? Du willst uns das schöne Lasso ganz ehrlich schenken?«

»Ganz ehrlich. Ist übrigens kein schönes Lasso, sondern ein ganz normales Lasso. Ich hab noch dutzende von den Dingern in meinem Wohnwagen. Das eine macht mich nicht ärmer.«

Dany hatte vor Verlegenheit einen ganz roten Kopf. »Das ist unheimlich nett von dir, Jo. Wirklich.«

»Ich wollte mir schon eins zum Geburtstag wünschen«, sagte Bimbo. »Aber mein Daddy war auf dem Ohr ganz taub.«

Jo brachte sie noch zu ihren Fahrrädern und wartete, bis sie aufgestiegen waren. Dann schlug er ihnen noch einmal kräftig auf die Schulter und ging ins Haus zurück.

Als sie außer Hörweite waren, stieß Bimbo einen tiefen Seufzer aus: »Puuuuh! Das war richtig gruselig bei diesem Typen. Findest du nicht?«

»Zuerst fand ich das auch. Aber nachher hab ich mir gesagt: So ausgestopfte Tiere stehen doch überall rum.«

»Überall?«, rief Bimbo empört. »Wo denn zum Beispiel?«

»Zum Beispiel in unserer Schule. Da gibt es eine Kammer im zweiten Stock, zu der hat unser Biologielehrer den Schlüssel. Er hat mich dorthin mal mitgenommen. Da steht zum Beispiel ein ausgestopfter Alligator. Und ein Dachs und noch so ein Tier, das aussieht wie ein Langohraffe oder so was.«

Bimbo schüttelte den Kopf. »Trotzdem – ich möchte so einen Beruf nicht haben. Ich würde mich grausen.«

Dany grinste. »Du kannst dir ja auch einen anderen Beruf aussuchen. Zum Beispiel könntest du einen Laden aufmachen für Schokoladenhasen und Maikäfer. Die sehen nur ein ganz bisschen echt aus – aber sie schmecken wenigstens süß.«

»Und du bist bescheuert.« Bimbo warf Dany einen zornigen Blick zu und trat in die Pedale. »Wer zuerst zu Hause ist!«, rief sie. Dany beugte sich tiefer über den Lenker.

»Endlich kommt ihr! Mann, wir warten schon so lange!« Peggy und Molle stürmten den beiden entgegen, als sie mit ihren Rädern in den Hofplatz einbogen.

Dany nahm das Lasso ab, das er sich während der Fahrt um Hals und Schulter geschlungen hatte. »Wir haben die Prüfung bestanden«, sagte er feixend. »Wir sind jetzt echte Lassowerfer. Sollen wir's mal vorführen?«

»Jetzt nicht. Es gibt etwas Wichtigeres zu besprechen. Diese Frau von der Vogelschutzwarte war vorhin da.« Molle schaute Dany an. »Sie wollte dich sprechen. Ich glaub, sie war richtig traurig, dass du nicht da warst.«

Dany wurde sofort ernst. »Hat sie gesagt, was sie wollte?«

»Nein. Sie hat nur gesagt: Schade, aber vielleicht kann Dany mich ja anrufen, wenn er nach Hause kommt. Bis um sechs bin ich im Büro.«

»Und jetzt ist es sieben Minuten vor sechs! Ich muss sofort telefonieren. Hier, Bimbo, nimm du mal das Lasso!« Dany flitzte los. Er stieß die Tür zur Klinik auf und warf Christine fast um, die gerade vor dem offenen Karteikartenschrank stand und etwas einsortierte. »Kann ich mal ganz schnell telefonieren? Wo habt ihr hier euer Telefonbuch?«

»Wo es immer ist. In der zweiten Schublade rechts.« Christine war die Tierarzthelferin. Sie kam jeden Dienstag und Donnerstag zur Kleintiersprechstunde. Sie trug dann einen weißen Kittel und hatte die Haare zu einem Zopf im Nacken gebunden. Christine war achtzehn, aber alle fanden, dass sie viel älter und viel vernünftiger wirkte.

Dany wühlte in der Schublade. »Hier ist kein Telefonbuch!«, rief er verzweifelt. »Mann, und ich muss so dringend telefonieren! Schon fünf vor sechs! Hoffentlich ist sie noch da! Verdammt, wo ist bloß das blöde Telefonbuch?«

»Drüben auf dem Fensterbrett.« Christine deutete ungerührt

mit dem Kopf in die Richtung. »Da hat es der Doktor wohl vorhin liegen lassen. Wie heißt denn die Freundin?«

Dany schaute verblüfft auf. »Welche Freundin?«

»Na, die du so dringend anrufen musst.«

»Das ist keine Freundin. Das ist Frau Dr. Hildegard Björnson von der Vogelschutzwarte, wenn du es genau wissen willst.«

Dany blätterte im Telefonbuch. »Obwohl ich wirklich nicht weiß, warum ich dir das sage.«

»Die Nummer ist 8607«, sagte Christine cool. »Hätte ich dir gleich sagen können, ohne die ganze Hektik.«

Dany sagte nichts. Hektisch drückte er auf die Tasten. Er nahm den Hörer in die Hand, wandte Christine den Rücken zu und starrte aus dem Fenster, während er wartete, dass am anderen Ende der Leitung der Hörer abgenommen wurde.

»Vogelschutzwarte Rantum, Dr. Björnson am Telefon.«

Dany straffte sich. »Hallo. Ich bin's, der Dany. Sie haben angerufen.« Seine Stimme klang ganz atemlos. »Ich bin leider eben erst nach Hause gekommen. Tut mir leid.«

»Dany. Das ist ja toll. Ich hab schon nicht mehr geglaubt, dass du anrufst.«

»Auf mich können Sie sich verlassen, das habe ich Ihnen doch gesagt.«

»Schön, Dany. Schön, wie du das sagst. Es geht um morgen Abend, Dany. Ich könnte eure Hilfe gebrauchen. Mir fehlen ein paar Leute. Ich hab so ein komisches Gefühl. Die Adler sind so unruhig in ihren Horsten, und meine Leute haben erzählt, dass sie viele Spuren gefunden haben um die Horste. Gestern Abend hat es geregnet und da war der Boden weich. Überall Fußspuren. Aber nicht von unseren Leuten.«

Dany hatte aufgeregt zugehört. »Sie meinen, der Räuber kommt noch mal zurück?«

»Genau, das meine ich. Ich hab zwar keine Beweise, aber so ein komisches Gefühl. Und meine Gefühle hatten bis jetzt immer recht. Wenn dieser Mensch noch eines der Eier rauben würde, Dany, dann wäre die ganze Arbeit von fünf Jahren dahin. Ich würde das nicht überleben.«

Dany nickte. Sein Herz schlug. »Sie können sich auf uns verlassen. Ich werde mit den anderen reden. Die machen alle drei mit. Das weiß ich jetzt schon.«

»Toll, aber was werden die Eltern sagen?«

»Ach, das geht klar.« Dany winkte großspurig ab. »Das Okay hab ich schon so gut wie in der Tasche. Wann sollen wir morgen Abend da sein?«

»Am besten um fünf. Um sechs Uhr ist Schichtwechsel, weißt du, dann gehen die Leute, die tagsüber Wache halten. Tagsüber brauche ich nur die Hälfte der Leute. Aber nachts ... letztes Mal ist er auch nachts da gewesen, als die beiden Eier verschwunden sind.«

»In Ordnung. Und wie geht es dem kranken Adler?«

»Besser. Viel besser. Wenn du den Doktor siehst, sag ihm, dass ich den Adler morgen wieder freilasse. Morgen bei Sonnenaufgang. Ich bin sicher, er kann schon wieder fliegen.«

»Okay. Ich werd's ihm sagen. Also bis morgen.«

»Ja, Dany. Und danke schön.«

Dany legte auf. Tief durchatmend schaute er Christine an. »Das war die Leiterin der Vogelschutzwarte«, sagte er.

»Ich weiß. Du hast es vorhin schon erwähnt.«

»Sie braucht unsere Hilfe«, erklärte Dany. Er konnte vor Stolz kaum sprechen. »Es geht um einen Kerl, der die Horste der Seeadler ausräubert. Wir sollen ihm das Handwerk legen.«

Christine lächelte amüsiert. »Das schafft ihr bestimmt. Die Amateurdetektive vom Süderhof!« Sie lachte noch, als Dany schon wieder nach draußen gestürzt war, um die anderen zu informieren.

5. Kapitel

Freitagnachmittag. Molle und Bimbo rollten ihre Schlafsäcke zusammen und stopften Pullis und warme Socken in die Rucksäcke.

»Äpfel«, sagte Bimbo. »Und ein paar Butterbrote brauchen wir noch.«

»Und Schokolade«, sagte Molle, während sie noch heimlich die kleine graue Stoffmaus in den Schlafsack schob (Bimbo lachte sie immer aus, wenn sie ein Stofftier mitnehmen wollte). »Schokolade ist viel wichtiger als Butterbrote. Nachts brauche ich immer was Süßes.«

»Klar, das sieht man.« Bimbo warf einen Blick auf ihre Schwester. »Du hast bestimmt wieder zwei Kilo zugenommen, du platzt ja bald aus deinen Jeans.«

»Ich hab nicht zugenommen! Ich bin dünner geworden!« Molle kreischte fast.

»Reg dich nicht auf. Schrei nicht so. Ist doch nicht wichtig. Ich finde einfach nur, dass du in diesen Jeans steckst wie die Wurst in der Pelle. Du solltest dich für Faltenröcke entscheiden.«

»Und du solltest den Mund halten!« Mit einem Aufschrei warf Molle sich auf ihre Schwester, die gerade den Rucksack zuzog. Beide fielen auf den Boden und rollten übereinander. Molle krallte ihre Hände in Bimbos Schultern. »Sag nicht noch einmal, dass ich fett bin!«

»Ich hab überhaupt nicht gesagt, dass du fett bist. Ich hab nur gesagt, du hast zugenommen.«

»Sag nicht noch einmal, dass ich zugenommen habe!«

Molle starrte ihre Schwester an. Sie war fest entschlossen, Bimbo nicht loszulassen, bis sie die Erklärung abgegeben hatte.

Die Tür flog auf und Peggy kam herein. Peggy sah aus wie für eine Polarexpedition ausgerüstet: gefütterter Anorak mit Kapuze, Schal, Jogginganzug. Sie stutzte, als sie die beiden Mädchen, wie ein Knäuel, auf dem Boden zwischen den beiden Betten sah. Hinter ihr stürzte Anuschka ins Zimmer. Begeistert warf er sich in den Kampf, hechelte, kläffte, und schlug den Mädchen die Schlappohren ums Gesicht.

»Kann man erfahren, worum es in diesem wunderbaren Zweikampf geht?«, fragte Peggy irritiert.

»Ich lass dich los, wenn du schwörst«, knirschte Molle. Sie hielt Bimbo an der Kehle fest.

Bimbo hatte inzwischen die Knie an den Bauch rangezogen. Wenn Molle unachtsam war, würde sie die Beine hochfedern lassen und Molle einfach wegkatapultieren.

Aber plötzlich leckte Anuschka ihr über das Gesicht, und sie fand das so ekelig und kitzlig, dass sie lachen musste. Sofort lockerte Molle ihren Griff.

»Frieden?«, fragte sie.

Bimbo nickte. Sie wischte mit dem Ärmel über das Gesicht und schob Anuschka weg. »Frieden.«

»Nie wieder Krieg?«

»Nie wieder Krieg.«

Die beiden Schwestern schauten sich an und begannen gleichzeitig zu lachen. Dann warfen sie sich einander in die Arme. Peggy schaute kopfschüttelnd zu. »Aus euch soll einer schlau werden.«

»Soll ja keiner«, sagte Bimbo, sich vom Boden aufrappelnd. »Wir wollen beide immer und ewig ein wandelndes Geheimnis bleiben. Wie Schwestern, die sich hassen und lieben.«

»Klingt wie ein Kitschroman«, meinte Molle, »schaurig schön. Und du, Peggy?« Sie musterte Peggy von oben bis unten. »Haben die im Wetterbericht für heute Nacht etwas von Schneetreiben gesagt?«

»Wieso?« Peggy schaute an sich herunter. »Bin ich zu dick angezogen?«

»Immerhin haben wir Mai, mein Schätzchen. Und das ist bekanntlich der Wonnemonat.«

»Aber nicht hier oben an der Nordsee. Hier ist es manchmal der Bibbermonat. Nachher klappern mir so die Zähne, dass ich die Adler in die Flucht jage, anstatt sie zu beschützen. Das wollt ihr doch nicht, oder?«

»Nein, das wollen wir nicht.« Bimbo nahm den Schlafsack und den Rucksack und schob Peggy aus dem Zimmer. »Los, wir müssen uns beeilen. Schon gleich halb fünf. Wo ist Dany?«

»Pumpt mein Fahrrad auf.«

»Donnerwetter! Wie hast du den dazu gebracht?«

»Er hat gesagt, er habe heute seinen Pfadfindertag.«

»Und was soll das sein, bitte schön?«

Peggy grinste. »Die Pfadfinder haben so ein Motto: Tue jeden Tag eine gute Tat.«

»Ah. Und da reicht es schon, wenn man einen Fahrradreifen aufpumpt? Ist ja interessant. Ich dachte, man müsste etwas wirklich Gutes tun.«

»Zum Beispiel einen Schokoladenvorrat besorgen, damit die Verwandten nicht verhungern«, meinte Molle. »Komm, Bimbo, das musst du erledigen. Wenn ich Mami frage, dann fängt sie gleich mit ihrer alten Litanei an, von wegen, ich sollte lieber Jogurt oder einen Apfel essen.«

Bimbo verdrehte die Augen. »Von mir wirst du so etwas nie wieder hören. Ich finde dich gertenschlank, meine Liebe.«

Sie legte Molle ihren Schlafsack über den Arm und machte sich auf den Weg, um bei Oma Brendel Proviant zu hamstern.

Oma Brendel hatte nicht nur eine Speisekammer, in der es immer frischen Kuchen gab, sondern auch eine Schublade im Wohnzimmerschrank, die bis oben hin vollgepackt war mit Kekspackungen und Schokoladentafeln. Es kam nur darauf an, dass man Oma Brendels weiches Herz im richtigen Augenblick noch ein bisschen weicher kriegte …

»Ich sag Mami Bescheid, dass wir abhauen.« Molle warf einen Blick nach oben zu den Studiofenstern hinauf. Das linke Fenster war geöffnet und auf seinem gelben Lieblingsseidenkissen lag Samson und schnurrte behaglich. Durch das offene Fenster hörte man das Klappern der Schreibmaschine. »Mami hat heute richtige Arbeitswut«, stellte Molle fest. »Seit heute Mittag sitzt sie schon an ihrer blöden Schreibmaschine.«

»Dann wird sie uns auch nicht vermissen«, meinte Peggy erleichtert. »Ich hab immer ein schlechtes Gewissen, wenn wir sie so im Stich lassen.«

»Unsinn. Im Augenblick stören wir nur. Mami und Daddy sind mit ihren eigenen Problemen beschäftigt. Ich glaube, die freuen sich, wenn wir ihnen nicht immer in die Quere kommen.«

Molle stieg die Treppe zum Studio hinauf. Zaghaft klopfte sie an die Tür. Sie hatte sich angewöhnt, immer anzuklopfen, wenn sie ins Arbeitszimmer ihrer Mutter ging.

Sofort hörte das Maschinenklappern auf. »Ja?«, fragte Sonia Brendel gereizt. »Was ist?«

Molle öffnete vorsichtig die Tür. »Ich bin's, Mami, entschuldige, wenn ich störe …«

Molles Mutter drehte sich auf dem Schreibtischstuhl herum. Sie sah blass aus und müde und irgendwie traurig, fand Molle.

»Irgendjemand stört in diesem Haus ja immer«, seufzte Sonia Brendel. »Damit hätte ich mich in den fünfzehn Jahren meiner Ehe eigentlich abfinden müssen. Aber es ist mir nicht gelungen.«

Molle stand mit hängenden Armen da. »Tut mir leid«, flüsterte sie.

»Quatsch!« Sonia Brendel lächelte plötzlich. »Dir muss das

nicht leid tun. Irgendwie ist das eine Sache, die dein Vater und ich aushandeln müssen. Mit euch hat das nichts zu tun « Sie streckte die Arme nach Molle aus und Molle flog ihr entgegen. Sie umschlang ihre Mutter, küsste sie und drückte ihr Gesicht an die Schulter. Am liebsten hätte Molle losgeheult. »Es tut mir so leid, echt, Mami«, schluchzte sie.

Sonia streichelte Molles Rücken. »Schon gut, Mädchen, schon gut. Du bist doch ein großes Mädchen. Was sollen die Tränen. Ist doch alles in Ordnung. Wird alles wieder in Ordnung.«

Molle hob den Kopf. »Bestimmt?«, flüsterte sie flehend. »Wird bestimmt wieder alles in Ordnung?«

Zärtlich wischte Sonia Brendel ihrer Tochter die Tränen ab. »Ich schätze, du bist gekommen, um mir irgendetwas zu sagen. Raus mit der Sprache. Worum geht es dieses Mal?«

Molle war erleichtert, dass das Thema gewechselt wurde. Sie erzählte von der Vogelschutzwarte und den geraubten Seeadler-Eiern. Neugierig hörte ihre Mutter zu.

»Und jetzt«, sagte Molle, »suchen sie immer Freiwillige, die nachts die Adlerhorste bewachen. Und für diese Nacht haben wir uns gemeldet. Daddy weiß Bescheid.«

»Ah«, sagte Sonia. Sie stand auf und ging ans Fenster, um Samson zu streicheln. Schnurrend vor Wohlbehagen schloss Samson die Augen. »Wann habt ihr das mit Daddy besprochen?«

Molle wurde rot. »So genau weiß ich das nicht. Das war Dany. Er ist ja neulich mit Daddy bei der Vogelschutzwarte gewesen.«

»Ach ja? Da sieht man mal, wie wenig ich im Augenblick erfahre.« Sie drehte sich zu Molle um und lächelte. Molle fand, dass sie wirklich sehr erschöpft und sehr traurig aussah. »Passt gut auf euch auf. Und viel Spaß. Zum Frühstück seid ihr ja wohl zurück, wie?«

»Klar, Mami!«

»Und dann habt ihr sicherlich Hunger wie Waldarbeiter. Das bedeutet wohl: Speck und Spiegeleier für alle.«

Molle strahlte. »Mami, du bist super!« Sie warf ihrer Mutter eine Kusshand zu und rief: »Tschüss, Samson, vergiss das Mäusefangen nicht!«, und rannte die Treppe wieder hinunter.

»Was hat sie gesagt?« Dany und Peggy warteten unten im Hof. Dany hatte die Schlafsäcke auf den Gepäckträgern verstaut.

»Sie hat gesagt, geht in Ordnung.« Molle prüfte die Luft in ihrem Fahrradreifen. »Ich glaube, sie hat gar nicht zugehört. Irgendwie ist sie zurzeit mit ihren eigenen Problemen beschäftigt.«

Peggy nickte stumm.

Bimbo erschien und machte ein Siegeszeichen. »Zwei Tafeln Vollmilch-Nuss, eine Schachtel Butterkekse und für jeden zwei Bananen!«, rief sie.

»Klasse.« Dany nahm ihr die Sachen ab und verstaute sie in seinem Rucksack.

»Und das Lasso hab ich vorsichtshalber auch noch geholt.« Bimbo war vom Laufen noch ganz außer Atem. »Falls es uns zu langweilig wird, können wir ein bisschen üben.«

»Klar.« Dany grinste. »Einen Adler im Fluge fangen.«

Die Leiterin der Vogelschutzwarte kletterte gerade in den offenen Jeep, als die vier mit ihren Fahrrädern um die Ecke bogen. Sie drosselte den Motor und rief zu ihnen hinüber: »Ich bin gleich wieder da! Schaut euch in Ruhe um!« Dann legte sie den Rückwärtsgang ein, schleuste den Jeep aus der Parkbucht und war verschwunden.

Neugierig schauten die Mädchen sich um. »Das hab ich mir alles irgendwie anders vorgestellt«, meinte Bimbo schließlich enttäuscht, nachdem sie einmal um das Haus herumgegangen waren. »Das ist ja bloß eine Baracke mit langweiligen Büros und Labors!«

Dany zuckte die Achseln. »Was hast du denn gedacht? Dass hier Pumas rumlaufen?«

»Pumas nicht gerade. Aber irgendwelche interessanten Vögel, die man anschauen kann.«

»Das hier ist kein Zoo, sondern eine Vogelschutzwarte, falls dir der Unterschied etwas sagt«, antwortete Dany geduldig. »Die Leute, die hier arbeiten, sorgen dafür, dass die Tiere ungestört in ihrem Revier leben und brüten können. Wenn du das langweilig findest, kann ich dir nicht helfen.«

Bimbo warf Dany einen langen Blick zu. »Jetzt hab ich bei dir aber einen Nerv getroffen, es tut mir leid. Dann sag ich in Zukunft, dass ich diese Baracke hier wahnsinnig spannend finde …«

In diesem Augenblick kam jemand aus dem Haus. Der Mann warf ihnen nur einen flüchtigen Blick zu. »Habt ihr Hildegard gesehen?«

»Sie ist mit dem Jeep weggefahren.«

Der Typ, ungefähr dreißig Jahre alt und in kurzen Hosen und Schnürstiefeln, fluchte. »Mist. Verdammt. Sie hat ihr Funkgerät nicht mitgenommen und jetzt kann man sie nicht erreichen.« Er fuhr sich nervös mit den Händen durch die Haare. Schließlich fragte er: »Und ihr? Auf wen wartet ihr?«

»Frau Dr. Björnson kommt gleich zurück«, erklärte Dany, »und dann sagt sie uns, wo wir hingehen sollen.«

»Wir sind nämlich eingeteilt, heute Nacht die Adlerhorste zu bewachen«, fügte Peggy hinzu.

Der Mann schaute sie an. Sein Blick wurde freundlicher. Schließlich streckte er ihnen die Hand entgegen. »Ich bin der Gerd, ich arbeite seit drei Monaten hier. Wisst ihr überhaupt, wie ein Seeadler aussieht? Oder könnt ihr den nicht von einer Möwe unterscheiden?«

»Mein Daddy ist Tierarzt«, entgegnete Bimbo.

»Und mein Vater war Biologe. Er war sogar befreundet mit Frau Dr. Björnson. Das hat sie mir selbst erzählt. Er ist mit ihr in Afrika gewesen.«

Gerd lachte. »Okay. Eure Väter sind also in Ordnung. Aber was beweist das? Deshalb ist es doch trotzdem möglich, dass ihr einen Seeadler nicht von einer Möwe unterscheiden könnt.«

»Ich war neulich mit Onkel Günter hier, wegen des Seeadlers, der in die Fuchsfalle geraten war. Mein Onkel hat den Adler operiert und ich habe dabei geholfen.«

»Donnerwetter! Das klingt schon besser.« Gerd warf Dany einen anerkennenden Blick zu. »Ihr müsst das verstehen«, fügte er hinzu. »Es gibt so viele Leute, die helfen wollen, aber die richten nur noch mehr Schaden an. Seeadler sind wahnsinnig menschenscheue Tiere.«

»Weiß ich doch«, sagte Dany. »Ich hab alles über Seeadler gelesen.«

»Wir tun heute Nacht keinen Mucks!«, sagte Molle.

Und Peggy zeigte auf ihren dicken Anorak. »Ich bin so eingemummelt, damit ich nicht friere und die Adler nicht durch mein Zähneklappern erschrecke. Das war doch schlau von mir, nicht?«

Gerd grinste. »Oberschlau.« Er wandte sich an Dany. »Dein Adler übrigens, der aus der Fuchsfalle, um den dreht sich gerade die Aufregung.«

»Wieso?«, fragte Dany erschrocken. »Was ist mit dem?«

»Angeblich kann er noch nicht richtig fliegen. Unsere Leute haben ihn mit dem Fernglas beobachtet. Nach einem kurzen Flug geht er immer zu Boden und hüpft herum. Das ist natürlich lebensgefährlich.«

»Und wieso?«, fragte Bimbo verblüfft.

»Erstens kann er wieder in eine Falle geraten und zweitens ist er so eine leichte Beute für die Diebe.«

»Sie meinen, die Leute, die die Eier aus dem Nest geraubt haben, wollen auch große lebende Adler fangen?«

»Aber klar. Und wie gerne! Was glaubst du, was Liebhaber für einen ausgewachsenen Seeadler zahlen! Fünfzigtausend Euro und mehr.«

Bimbo riss die Augen auf. »Wahnsinn!«, flüsterte sie.

»Wahnsinn. Das ist es in der Tat.« Gerd machte ein grimmiges Gesicht. »Aber die Welt wimmelt von Wahnsinnigen. In den neuen Bundesländern fallen sie jetzt in Horden ein, so genannte Vogelkundler, um die letzten Fischadler zu fotografieren. Wenn das so weitergeht, gibt es in zwei Jahren in ganz Deutschland nicht ein einziges Adlerpaar mehr.«

Plötzlich hörten sie Motorgeräusch, dann tauchte der Jeep auf.

»Endlich!«, rief Gerd erleichtert.

Hildegard Björnson parkte den Jeep wieder unter der alten Eiche und kletterte aus dem offenen Auto. »Na, Gerd«, rief sie, »noch mehr schlechte Nachrichten?«

Gerd schüttelte den Kopf. »Du hattest das Funkgerät vergessen. Wenn etwas gewesen wäre, hätte ich dir keine Nachricht geben können. Hast du den Adler gesehen?«

»Leider nicht. An der Stelle, wo er zuletzt gesichtet wurde, war er jedenfalls nicht mehr.« Sie nahm ihr Kopftuch ab und schüttelte die Haare. »Hoffen wir, dass alles gut geht. Und jetzt zu euch.« Sie strahlte Dany an. »Toll, dass ihr so pünktlich seid. Habt ihr alles dabei? Schlafsäcke, warme Sachen und so weiter?«

»Alles.« Bimbo zeigte stolz auf die Sachen. »Sie müssen uns nur noch sagen, wo wir Posten beziehen müssen.«

»Wird gemacht! Klettert schon mal in den Jeep, ich muss nur noch etwas holen.«

Sie lief ins Haus. Gerd half, die Schlafsäcke und Rucksäcke zu verladen. »Sieht aus, als wolltet ihr eine ganze Woche bleiben«, meinte er grinsend.

»Vielleicht machen wir das auch.« Dany war von der Idee begeistert. »Die Schule rennt uns ja nicht davon. Die bleibt immer auf dem gleichen Fleck. Aber die Adler … wer weiß …«

Hildegard Björnson kam zurück. Sie reichte Dany ein Fernglas. »Pass gut drauf auf. Die Dinger sind teuer. Wenn ihr das verliert, kriegen wir kein neues. Das Land Schleswig-Holstein hat uns gerade wieder die Finanzen zusammengestrichen. Es ist zum Heulen. Deshalb kann ich euch nicht einmal ein kleines Taschengeld zahlen für eure Nachtwache.«

»Aber wir wollen doch kein Geld.«

Hildegard lächelte. »Geld will man immer. Das kann man immer brauchen. Weiß ich doch. Und die in der Regierung wissen auch, wie viel es kosten würde, wenn man die Leute richtig bezahlen würde. Der ganze Vogel- und Umweltschutz bei uns funktioniert nur deshalb einigermaßen, weil es so viele Idealisten gibt, die ihre Freizeit dafür opfern.«

»Wir opfern unsere Freizeit gern«, sagte Molle. »Wir haben ja sowieso nichts Besseres vor.«

Hildegard Björnson legte Molle ihre Hand auf den Arm. »Ihr seid nett«, sagte sie.

Molle wurde ganz rot vor Verlegenheit.

Sie fuhren ungefähr eine Viertelstunde. Bimbo, die eigentlich jeden Weg und Steg zwischen dem Watt und dem Kliff kannte, fand sich nicht mehr zurecht.

»Hier bin ich noch nie gewesen«, stellte sie fest, während sie versuchte, über das haushohe Schilf hinwegzugucken. »Wo ist denn der Leuchtturm von Rantum?«

»Hinter uns.«

»Und der Strand von Rade? Wo liegt der?«

»Schräg da vorn. Aber wir sind jetzt auf der Halbinsel, die kannst du schon deshalb nicht kennen, weil der Zutritt streng verboten ist.«

»Da kennen Sie Bimbo nicht! So ein Schild würde sie doch überhaupt nicht abschrecken!«

Bimbo wurde glühend rot. Ihr fiel ein, wie sie auf der Suche nach dem Fohlen querfeldein geritten war, obwohl sie genau gewusst hatte, dass dies längst das Brutgebiet der Stockenten und Fischreiher war, und ihr Daddy sie eindringlich gewarnt hatte, die Tiere beim Brüten zu stören …

Bimbo machte sich ganz klein und blieb während der restlichen Fahrt stumm wie ein Fisch.

Inzwischen waren die Wege nur noch schmale, von Unkraut überwucherte Spuren und das Schilf klatschte gegen den Jeep.

»Gleich seht ihr eine Gruppe alter Eichen«, sagte Frau Dr. Björnson. »Da gibt es eine winzige Anhöhe, auf der die Eichen gepflanzt sind. Es soll eine heidnische Kultstätte sein, niemand weiß das so genau. Aber Seeadler haben dort nach der alten Husumer Chronik schon im Mittelalter ihren Horst angelegt. Deshalb haben wir auch versucht, sie dort wieder anzusiedeln. Achtung, zieht die Köpfe ein.«

Im gleichen Augenblick fuhren sie unter den niedrigen Zweigen eines Weißdorns durch, und Peggy, die ihre Hände am oberen Ende der Windschutzscheibe hatte, konnte anschließend die blutigen Kratzer zählen.

»Tut mir leid«, sagte Frau Dr. Björnson, »ich hätte euch früher warnen sollen, das ist hier ziemlich unwegsames Gelände. Fast wie ein Urwald. Aber deshalb eben so ideal für seltene Vögel. Gleich wird es besser.«

Wenig später erreichten sie ein sumpfiges Gelände. Der Jeep sackte mit seinen Rädern tief in den nassen Boden ein. Manchmal gluckerte und quatschte es richtig. »Das war früher das Teufelsmoor«, sagte Frau Dr. Björnson, »eine unheimliche Gegend. Im Winter hängen hier immer Nebelschleier, und früher sind die Leute, wenn sie vom Weg abgekommen sind, im Moor eingesackt und ertrunken.«

Peggy wurde blass. »Müssen wir etwa hierbleiben?«, fragte sie zitternd.

»Keine Angst. Hinter dem Moor geht es wieder ein bisschen bergan. Da ist der Boden trocken und fest. Und da gibt es eine schöne Stelle, von der aus ihr einen richtigen Rundblick habt und die Gegend gut übersehen könnt.«

Sie erreichten den Platz ein paar Minuten später. Eben ging die Sonne unter und tauchte die ganze Landschaft in ein rötliches Licht. Die Wolkenschleier am Himmel waren rosig angehaucht und über ihnen zog ein Schwarm von Wildgänsen hin.

Der Boden bestand aus weichem und warmem Moos. Dany veranstaltete ein Probesitzen und nickte vergnügt. »Das ist bequemer als ein Bett«, stellte er fest. Um den Platz herum wuchsen vereinzelte Wacholdersträucher und Farne.

»Wenn ihr auf dem Boden liegt«, sagte Frau Dr. Björnson, »kann euch niemand sehen, aber ihr seht alles. Deshalb ist dieser Platz ideal. Und da drüben, das sind die Adlerhorste.«

Sie deutete mit dem Arm nach Osten, auf eine Gruppe riesiger knorriger Eichen, die dicht gedrängt auf einem kleinen flachen Hügel standen.

»Sieht wirklich merkwürdig aus«, meinte Molle. »Man kann sich irgendwie nicht vorstellen, dass die Eichen da zufällig gewachsen sind. Es sieht aus, als würden sie einen Kreis bilden.«

»Genau. Vielleicht war das früher auch so eine Art Versammlungsplatz in der germanischen Zeit.« Frau Dr. Björnson half, die Schlafsäcke und Rucksäcke auszuladen. »Glaubt ihr, dass ihr zurechtkommt?«

»Klar!« Bimbo ließ sich ins Moos fallen. »Ist doch herrlich gemütlich hier!«

»Und was ist, wenn dieser Kerl tatsächlich auftaucht?«

»Dann sagt ihr Bescheid. Über Walkie-Talkie. Wartet.« Frau Dr. Björnson holte aus dem Handschuhfach einen schwarzen Apparat. Sie zog die Antenne aus und drückte zwei Knöpfe. Eine kleine grüne Lampe leuchtete auf.

»Wenn ihr eine Nachricht durchgeben wollt, müsst ihr die Zahl 19 drücken und sagen: Hildegard eins, bitte kommen. Hier Station vier.«

»Hildegard eins, bitte kommen. Hier Station vier.« Dany wiederholte mit ernstem Gesicht. »Ich glaub, das müssen wir nicht aufschreiben, das können wir uns so merken.«

»Hier in diese Membrane müsst ihr sprechen.« Frau Dr. Björnson zeigte auf die Stelle. »Und ihr braucht nicht zu schreien, das ist ein hochsensibler Apparat. Damit können wir die feinsten Vogelstimmen einfangen. Also nur flüstern, klar? Damit ihr die Kerle nicht erschreckt.«

»Okay, verstanden.« Dany nahm das Walkie-Talkie ehrfürchtig entgegen und legte es behutsam auf seinen Schlafsack.

Die Frau verabschiedete sich von den Kindern. Sie winkte noch einmal kurz. »Seid wachsam!«, rief sie ihnen zu. Dann stieg sie in den Jeep und ratterte durch das Moor wieder zurück.

Die vier verfolgten den Jeep noch, wie er schaukelnd und schwerfällig durch die feuchte Ebene fuhr. Dann auf einmal war es vollkommen still um sie herum.

Alle lauschten gebannt dieser Stille. Die Sonne war hinter dem Horizont versunken und der Himmel war blau wie dunkle Tinte.

»Irgendwie richtig ergreifend«, meinte Peggy andächtig. »So mitten in der Natur. Ich bin ja gespannt, was das für eine Nacht wird.«

Dany kramte aus seinem Rucksack den Wecker. »Wir müssen den Wachdienst einteilen«, sagte er. »Jeder drei Stunden Wache.« Er überlegte. »Oder sollen wir immer zwei und zwei Wache schieben lassen? Dann ist es nicht so langweilig, und man schläft nicht so schnell ein, weil man sich ein bisschen unterhalten kann.«

»Genau.« Molle nickte eifrig. »Das ist viel besser.« Sie schaute Peggy an. »Wollen wir zusammen Wache schieben, Peggy?«

»Von mir aus! Mir ist alles recht.« Peggy rollte ihren Schlafsack auseinander und schlüpfte probeweise hinein. »Schön«, stellte sie fest, »richtig schön.«

»Wann gibt es was zu essen? Ich hab schon jetzt einen Bärenhunger«, erkundigte sich Dany.

Bimbo zauberte nacheinander die Köstlichkeiten aus dem Rucksack und breitete sie auf dem Moos aus. »Hiermit lade ich die Gesellschaft zum Picknick«, sagte sie förmlich. »Wir beginnen mit einem Apfel, weil der gesund ist. Anschließend gibt es ein Schinkenbrötchen und danach etwas Süßes. Ist die Reihenfolge in Ordnung?«

»Perfekt«, applaudierte Molle. »Und was gibt es zu trinken?«

Bimbo und Peggy schauten sich verblüfft an. »Zu trinken?«, fragte Dany.

»Klar. Was gibt es zu trinken? Ich hab jetzt schon eine trockene Kehle.«

Bimbo räusperte sich. »Also … äh … ich meine, ich habe die ganzen Sachen von Oma Brendel besorgt. An was zu trinken hättet ihr ja denken können. Ich muss ja nicht an alles denken.«

»Soll das heißen«, fragte Molle entsetzt, »dass wir nichts mithaben? Keinen Saft, keinen Tee, kein Wasser – einfach total nichts?«

Peggy kletterte wieder aus ihrem Schlafsack und zog die Turnschuhe an. »Dann schlage ich vor, wir nutzen das letzte Büchsenlicht, um einen Bach zu suchen. Irgendwo in der Nähe muss es doch Wasser geben. Wo ein Moor ist, ist immer Wasser.«

»Schlaues Kind.« Dany schlug seiner Schwester auf die Schulter. »Dann man los. Sagt mir Bescheid, wenn ihr leckeres reines Quellwasser gefunden habt.« Er lehnte sich zurück, verschränkte die Arme unter dem Kopf und schaute in den Himmel. »Ich warte inzwischen auf meinen Adler.«

»Der kommt ja auch ganz bestimmt vorbei«, meinte Molle spöttisch. »Der kann es ja gar nicht abwarten, dir Hallo zu sagen.«

Dany warf Molle einen vielsagenden Blick zu. »Ganz genauso ist es. Also bis später.«

Die Mädchen zogen los und Dany lag auf dem Rücken und suchte den Himmel nach einem Zeichen seines Seeadlers ab. Aber der Himmel war vollkommen leer. Nicht mal eine Schwalbe oder eine Möwe oder eine Ente. Selbst die Wolkenschleier hatten sich aufgelöst.

6. Kapitel

»Mist, ekliger!« Fluchend zog Bimbo ihren Fuß, der eben noch in einem weißen Turnschuh gesteckt hatte, aus einem Sumpfloch. Nur noch der Socken war da, aber auch er baumelte schon an der Zehenspitze. »Ich hab meinen Turnschuh verloren! Der steckt jetzt im Sumpf!«, rief Bimbo verzweifelt. »Könnt ihr mir suchen helfen?«

Peggy und Molle, die schon etwas vorausgegangen waren, kehrten wieder um. Der Weg durch das Moor, den sie genommen hatten, war nicht gerade ungefährlich. Sie mussten von Grassoden zu Grassoden springen, die wie kleine grüne Inseln in dem braunen Wasser schwammen. Wenn man auf einer Grassode landete, schaukelte die so gefährlich wie ein Ruderboot, in dem man von einer Seite auf die andere klettert.

Bimbo kauerte auf ihrer kleinen Sumpfinsel und krempelte die Ärmel hoch. Sie steckte die Arme in das schlammige Wasser und begann, nach dem Schuh zu fahnden.

Plötzlich kreischte sie auf. »Iiih! Igitt!« Blitzschnell zog sie die Hand wieder zurück. Der braune Schlamm tropfte von den Fingern.

»Was war denn los«?, fragte Peggy entsetzt.

»Ich weiß nicht, irgendetwas Glitschiges hat mich berührt. Vielleicht ein Lurch!«

»Ein Lurch! So ein Unsinn!« Molle hatte auf der benachbarten Sumpfinsel Platz genommen, die Ärmel aufgerollt und todesmutig die Hand in das brackige Wasser gesteckt. Triumphierend zog sie einen dunkelbraunen, triefenden Turnschuh heraus. »Hier ist dein Lurch, Schwesterherz.«

Bimbo sagte nichts. Ihr war die Laune verdorben. Sie zog auch noch den anderen Turnschuh und die Socken aus, knotete die Schnürsenkel zusammen und stopfte die Socken in die Turnschuhe. »Ich geh zu Dany zurück. Ihr könnt die blöde Quelle alleine suchen.« Sprach's und verschwand.

Peggy warf Molle einen bestürzten Blick zu.

»Sie hat immer sofort schlechte Laune, wenn was schiefgeht«, sagte Molle tröstend. »Ich kenn das schon. Ich reg mich nicht mehr darüber auf. Komm, da drüben scheint fester Boden zu sein.« Nach zwei Sprüngen hatten sie es geschafft. Sie landeten auf einem trockenen festen Grasstück, auf dem ein paar Wacholdersträucher wuchsen. Wild schnatternd flüchtete ein Stockenten-Paar.

»Tut mir leid«, rief Molle ihnen hinterher. »Wir wollten euch nicht erschrecken ...«

Peggy lachte. »Glaubst du, das interessiert die? Du hättest mit ihnen wenigstens in der Stockenten-Sprache reden sollen.«

Molle schaute sich um. »Ich glaube, die Idee, eine Quelle zu suchen, ist – ziemlich bescheuert. Wieso soll hier eine Quelle sein?«

»Muss ja keine Quelle sein, ein karger Bach genügt auch.«

»Aber wie kann es in einem Moor karge Bäche geben? Das ist doch total unlogisch. Ich finde, wir kehren auch um. Sonst trinken wir nachts doch auch nichts. Wieso sollen wir ausgerechnet jetzt Durst bekommen? Man muss sich einfach einreden, dass man keinen Durst hat, dann geht das.«

Peggy grinste. »Kennst du jemanden, der das schon mal in der Wüste probiert hat? Nach zwanzig Tagen glühender Sonne?«

»Klar. Die Kamele.« Unerschrocken machte Molle sich auf den Rückweg durch das Moor. Plötzlich stutzte sie. Sie kniff die Augen zusammen.

»Hast du das eben auch gesehen?«

»Was?«

»Ich weiß nicht. Irgendetwas Dunkles. Das sich bewegt hat. Da hinten …« Sie deutete auf den Schilfwald, der das Moor auf der anderen Seite begrenzte. »Schau mal, das Schilf schwankt doch immer noch! Da ist irgendetwas!«

Wie gebannt starrten die beiden hinüber. Die Schilfrohre schwankten wirklich noch leicht hin und her, aber allmählich beruhigten sie sich, und alles war so still wie vorher.

»Das war nichts«, beschloss Peggy. »Vielleicht nur ein Fasan oder eine Ente oder so was, die durchs Schilf gewatschelt sind.«

Molle seufzte. »Du hast recht.«

»Wenn einer kommt, dann kommt er bestimmt nachts. Jetzt ist der Himmel noch viel zu hell.«

»Wann, glaubst du, ist es vollkommen dunkel?«

»Ich würde sagen, so gegen neun.«

»Und wie spät ist es jetzt?«

»Ich hab keine Uhr. Aber Dany hat eine. Komm, wir gehen zurück. Die beiden warten bestimmt schon.«

Peggy wollte nicht sagen, dass ihr ein wenig unheimlich war, abends nach Sonnenuntergang durch das Moor zu wandern. Aber es war auch gar nicht nötig, etwas zu sagen, denn Molle verstand sie auch so.

»Kein Wasser?«, rief Dany entsetzt. »Wieso kein Wasser?«

»Weil wir keins gefunden haben«, antwortete Molle kühl. »Du kannst ja selber losgehen heute Nacht, wenn du plötzlich Durst kriegst. Ich kriege nie Durst. Das weiß ich. Ich mach mir keine Sorgen.«

»Wie spät ist es, Dany?« Peggy drehte Danys Handgelenk um und warf einen Blick auf seine Uhr. »Gleich neun! Dann wird es bestimmt bald dunkel.«

»Genau. Ich hab mir überlegt, um neun Uhr beginnen wir mit der ersten Schicht. Immer drei Stunden. Wer macht die erste Schicht?«

»Molle und ich«, schlug Peggy vor. »Ich kann abends sowieso immer schlecht einschlafen. Ich würde lieber die erste Schicht wach bleiben und mir den Sternenhimmel anschauen. Schaut mal, der Abendstern! Man sieht ihn schon!« Begeistert zeigte sie auf den hellen Stern. »Dabei ist der Himmel immer noch nicht richtig dunkel.« – »Deshalb heißt er ja auch Abendstern, weil man ihn immer zuerst sieht.«

Bimbo hatte schon eine halbe Packung Tempotaschentücher verbraucht, um ihren Turnschuh damit abzureiben. Langsam machte ihr das keinen Spaß mehr. Sie stopfte die gebrauchten Papiertücher in den Rucksack und legte den Turnschuh zum Trocknen ins Gras. »Also dann hau ich mich aufs Ohr, Freunde.« Sie kletterte in den Schlafsack und rollte sich zusammen. »Wir haben bestimmt eine gemütliche Nacht. Ich glaube ja nie, dass der Kerl ausgerechnet heute Nacht kommt.«

»Und dann noch in unsere Gegend. Er könnte sich genauso gut von der anderen Seite an die Horste heranpirschen.« Dany hielt das Fernglas vor die Augen und suchte den Himmel ab. »Kein Adler in Sicht«, sagte er enttäuscht. »Ich glaub, mir fallen bald die Augen raus vom Gucken. Wieso fliegen die nicht mal in ihren Horst? Die müssen sich doch um die Eier kümmern.«

»Vielleicht sitzen sie ja drauf und brüten«, meinte Bimbo, schon ein bisschen schläfrig. »Vielleicht gehen sie nur tagsüber auf Beutefang und bei Sonnenuntergang bleiben sie auf den Eiern.«

»Möglich.« Dany gab Molle das Fernglas. »Ich hau mich auch in die Falle. Eine Mütze Schlaf brauch ich unbedingt. Also, um Mitternacht könnt ihr uns wecken.«

»Die Uhr!«, rief Peggy. »Du musst uns doch deine Uhr geben.«

»Okay.« Dany schnallte die Uhr ab und Peggy band sie sich um. »Sonst noch was?«

»Nee danke, Bruderherz. Wir kommen schon zurecht.«

Bimbo hob noch einmal den Kopf. »Aber wenn ihr irgendetwas Verdächtiges bemerkt, dann weckt ihr uns, das ist doch klar, oder?«

»Na klaro. Jetzt macht die Augen zu. Es ist genau neun Uhr, eine Minute und vierzig Sekunden.«

»Verdammt, schon wieder eine Minute verschenkt.« Dany kniff die Augen zu. Aber im nächsten Augenblick machte er sie schon wieder auf. Er sah, dass Peggy durch das Fernglas schaute. »Etwas Besonderes?«

»Du sollst doch schlafen!«, war Peggys einzige Antwort. »Ich hab doch gesagt, ich weck euch, wenn was los ist. Es ist absolut überhaupt nichts los.«

Dany lächelte. »In Ordnung. Also bis später.« Er zog seinen Pulli über die Ohren, legte sich auf den Bauch und war im nächsten Augenblick schon eingeschlafen.

Peggy und Molle hockten im Schneidersitz auf ihren Schlafsäcken, um die Füße hatten sie einen Pulli gewickelt und sie spielten Rommé. Peggy hatte klugerweise das Kartenspiel eingesteckt. Es war ihr im letzten Augenblick eingefallen, dass man sich so ganz gut die Zeit vertreiben konnte. Aber lange würde es nicht mehr gehen, denn man konnte die Karten kaum noch erkennen. Es war jetzt schon fast dunkel. Von Zeit zu Zeit nahm eine von beiden das Fernglas, hielt es vor die Augen und spähte herum. Die Landschaft war ruhig und menschenleer.

Als schließlich auch das letzte Tageslicht verblasst war, hörte auch das Vogelgezwitscher auf. Nun war es auf einmal vollkommen still.

Peggy ließ die Karten in den Schoß fallen. »Hör mal«, flüsterte sie, »wie still es ist.«

»Ja, unheimlich!«, flüsterte Molle zurück.

In diesem Augenblick hörten sie ein Rauschen in der Luft und ganz nah, vielleicht nur einen Steinwurf entfernt, flog über ihnen ein Seeadler. Er hatte die Schwingen ausgebreitet und sah von unten riesengroß aus.

»Der Adler!«, wisperte Peggy.

Sie konnten seinen Flug bis zu der Gruppe von Eichenbäumen verfolgen. Das heißt, richtig sehen konnte man ihn eigentlich nicht mehr, es war nur die Ahnung von einem dunklen, ruhigen Schatten, der über ihnen war und dann verschwand.

Molle war so beeindruckt, dass sie gar nichts sagte.

»Ich glaube, er hatte ein Tier in den Fängen«, flüsterte Peggy. »Hast du das auch gesehen?«

Molle schüttelte den Kopf. »Ich war viel zu aufgeregt.« Sie schaute zu Danys Schlafsack hinüber. Von Dany war nichts zu sehen, er hatte sich ganz eingemummelt. »Da hat er was verpasst.«

»Wenn wir ihn aufgeweckt hätten, hätte er nichts gesehen. Außerdem bringt das jetzt auch nichts. Gib bitte mal das Fernglas.«

Peggy versuchte, die Eichenkronen noch schärfer einzustellen, aber sie waren jetzt nur noch eine schwarze Masse vor einem fast schwarzen Hintergrund. Immer mehr Sterne flackerten auf.

»Vielleicht geht der Mond bald auf, dann wird es heller«, flüsterte Molle.

Peggy nickte. »Ich glaube, wir haben mindestens Halbmond. Das müsste genügen bei der klaren Nacht, um ein bisschen was zu sehen.« Sie stand auf und streckte sich. »Meine Beine sind eingeschlafen, das kommt von diesem blöden Schneidersitz. Da schlafen die Beine immer ein. Ich glaub, ich geh mal ein paar Schritte.«

»Aber vorsichtig!«, warnte Molle erschrocken. »Fall ja nicht in ein Sumpfloch.«

Peggy grinste. »Ich heiß doch nicht Bimbo.« Sie kroch unter dem Busch hindurch und war schon Molles Blicken entschwunden. Molle zog den Rucksack mit den Esssachen zu sich heran. Sie überlegte, ob sie sich ein winziges Stückchen Schokolade gönnen sollte. Aber dann fiel ihr ein, dass sie von Schokolade immer Durst bekam, und seufzend stellte sie den Rucksack wieder zurück. Im Gras raschelte es. Molle schaltete die Taschenlampe ein. Ein Frosch! Er saß geduckt im Gras und starrte wie geblendet in den Lichtstrahl. »Entschuldige«, murmelte Molle und schaltete die Taschenlampe wieder aus. Sie hörte, wie der Frosch sich entfernte. Gott sei Dank, dachte sie. Nicht auszudenken, wenn wir auf ihn getreten wären! Und dann überlegte sie, welches Getier sich alles auf ihrem Platz befinden könnte. Bestimmt ganz viele Käfer, dachte sie, Käfer mit blauen und schwarzen Panzern. Braune Käfer und Spinnen! Ob es Spinnen gab? Molle versuchte, sich nicht aufzuregen, Spinnen gab es hier bestimmt nicht. Spinnen webten ihre Netze zwischen den Zweigen der Büsche oder an Dachrinnen, aber doch nicht unten im Gras. Wenn es allerdings so eine Art Bodenspinne geben sollte und wenn jetzt vielleicht gerade eine kleine schwarze Spinne mit riesenlangen, spindeldürren Beinen an dem Grashalm neben ihrer Hand emporklettern sollte …

Molle zog die Hand erschrocken zu sich. Dann zog sie die Beine noch fester an den Körper und schlang die Arme um die Knie. Wie gebannt starrte sie auf den Boden. Aber es war stockfinster. Sie konnte ohnehin nichts erkennen. Jedoch wenn man ganz still saß und sich sehr konzentrierte, hörte man Geräusche. Das leise Zirpen irgendwelcher Insekten, das Summen von winzigen Tieren – und einmal streifte irgendetwas ihr Gesicht und Molle hätte fast aufgeschrien.

Als Peggy wieder auftauchte, seufzte sie erleichtert.

»Du warst aber lange weg.«

»Ich musste mal«, sagte Peggy. »Das war ziemlich komisch. Irgendwie unheimlich.«

»Kann ich mir vorstellen, mir ist es hier schon unheimlich genug. Glaubst du, hier gibt es viele Tiere?«

»Insekten oder so was? Oder meinst du Feldmäuse und Wiesel und solche Tiere?«

An Feldmäuse und Wiesel hatte Molle noch gar nicht gedacht! Aber wenn sie ehrlich war, fürchtete sie sich viel weniger vor Mäusen als vor Spinnen. Eigentlich mochte sie Mäuse ziemlich gern, wenn sie nicht gerade erst ein paar Tage alt und noch ganz nackt waren. Sie hatte einmal im Pferdestall ein Nest mit winzigen, eben geborenen Mäusen gefunden ... daran erinnerte sie sich nicht besonders gern. Und schon gar nicht daran, dass Samson so panterhaft um den Stall geschlichen war und einmal mit tief zufriedenem Gesicht zurückkehrte und sich auf sein Seidenkissen legte ...

Molle schauderte.

»Woran denkst du?«

»An nichts. An Mäuse.«

»Ah«, sagte Peggy. »Ich hab gerade an gestern gedacht. Glaubst du, ob es wirklich Geister gibt? Ich meine so unsichtbare Lebewesen, die um einen herumflattern?«

»Lebewesen, die um einen herumflattern? Du denkst wohl an Fledermäuse.«

»Quatsch. Du weißt genau, dass ich keine Fledermäuse meine.«

»Meinst du Schutzengel oder so was?«

Peggy nickte. »Ja, zum Beispiel. Ob Schutzengel wie richtige Engel aussehen? Mit Flügeln und so?«

»Keine Ahnung. Ich glaube, das mit den Flügeln, das haben die Menschen sich nur ausgedacht. Weil sie gesehen haben, dass alle Tiere, die sich in der Luft bewegen, Flügel haben.«

Peggy kicherte plötzlich. »Vielleicht sehen Schutzengel aus wie kleine Flugzeuge. Die bewegen sich auch in der Luft und haben Flügel.« Sie schaute auf die Uhr. »Erst Viertel nach zehn. Noch fast zwei Stunden. Was wollen wir machen?«

Molle überlegte. Zu allem, was ihr einfiel, brauchte man entweder Licht oder man musste reden. Und beides war eigentlich verboten.

»Träumen«, schlug Molle vor. »Wir träumen einfach eine schöne Geschichte und morgen früh erzählen wir sie uns. Aber du musst mir deine Hand geben, damit ich merke, wenn du einschläfst. Dann kneife ich dich.«

»Ich kneif dich auch. Willst du noch ein Stück Schokolade?«

»Nein, lieber nicht. Davon kriegt man Durst.«

»Mist, verdammter. Daran hab ich nicht gedacht. Dann muss ich ja ohne Schokolade träumen. Das wird schwierig.«

Molle und Peggy gaben sich die Hand. So blieben sie sitzen, schauten in die Dunkelheit und lauschten. Ringsum war es vollkommen still.

Eine tiefschwarze, lautlose Nacht.

»Dany! Bimbo! Aufwachen! Mitternacht! Huuuuuh! Geisterstunde!!! Huuuuhuuuu!«

Mit schauerlichen Rufen warfen sich Peggy und Molle nach dem verabredeten Signal auf die beiden Schläfer.

Bimbo wollte vor Schreck loskreischen, aber Peggy hielt ihr noch rechtzeitig den Mund zu. »Pssst! Du weckst die Seeadler! Pssst!«

Dany war sofort hellwach. Blitzschnell krabbelte er aus seinem Schlafsack und hüpfte, die Arme vor die Brust schlagend, auf und ab.

»Was soll das sein, wenn es fertig ist?«, fragte Molle verblüfft.

»Das sind Aufwachübungen. Davon hast du keine Ahnung. Das wird bei den Pfadfindern immer so gemacht. Da kommt der Kreislauf schneller in Gang.«

Dany schaute sich um. »Irgendwas Besonderes? Vorkommnisse irgendwelcher Art?«

»Nichts.« Peggy gähnte. »Ich bin todmüde. Ich schlaf bestimmt in der nächsten Sekunde ein. Ihr habt es gut. Ihr habt jetzt den Mond. Der ist erst um elf Uhr aufgegangen. Wieso geht der Mond immer erst so spät auf?«

»Er geht jeden Tag zu einer anderen Zeit auf, Schwesterherz, das habt ihr irgendwann mal in Geo gehabt. Mal wieder nicht zugehört.« Dany testete, ob die Taschenlampe funktionierte. »Das Walkie-Talkie habt ihr nicht angerührt, oder?« Er ließ den Lichtstrahl ganz kurz über das Handfunkgerät gleiten, das auf seinem Rucksack lag.

»Wir sind nicht einmal in seine Nähe gekommen«, antwortete Molle. »Nicht dass du später behauptest, wir haben Schuld, wenn es nicht funktioniert. Viel Spaß, ich verkriech mich.« Sie kroch in ihren Schlafsack.

Bimbo schnürte den Rucksack auf. »Ich muss was essen, um wach zu werden. Du auch? Apfel oder Banane?«

»Banane.« Dany streckte die Hand aus, ohne hinzusehen. Er betrachtete gerade den Mond durch das Fernglas. »Dreiviertel Vollmond«, stellte er fest. »Sieht irre aus durch das Fernglas. Man denkt, man kann richtige Berge und Krater erkennen.«

Bimbo schälte ungerührt ihre Banane. »Irgendetwas anderes Spannendes außer dem Mond?«

Dany ließ das Fernglas schweifen. »Nichts. Aber die Eichen mit den Adlerhorsten kann man sehen. Werfen richtige Schatten im Mondlicht. Sieht ganz toll aus. Willst du auch mal durchgucken?«

»Später, erst muss ich meine Banane essen.« Bimbo verstaute die Schale gewissenhaft im Rucksack. Sie hasste es, wenn die Leute ihren Abfall mitten in der Natur zurückließen. Jeder Picknickplatz sah hinterher so aus, als habe ein Schlachtfest stattgefunden. Wenn sie mit ihrer Stute an solchen Plätzen vorbeikam, packte sie immer die Wut. Lieber, sagte sie, würde sie die Bananenschale quer durch den Kontinent in ihrem Rucksack schleppen, als sie einfach liegen zu lassen.

»Von anderen Leuten, die irgendwo Wache halten, sieht und hört man nichts«, stellte Dany enttäuscht fest. »Wäre irgendwie toll gewesen, wenn man sich immer Morsezeichen gibt oder so.«

»Morsezeichen! Bei dir wird alles gleich zum Abenteuerfilm.« Bimbo tippte sich an die Stirn. »Morsezeichen!«

»Da!« Ein erstickter Ausruf von Dany. »Was war das?«

Er sprang auf und starrte auf das Moor.

»Wo? Ich sehe nichts.« Bimbo schluckte den Rest der Banane herunter. Sie stellte sich neben Dany und spähte.

»Da! Da ist es wieder!« Danys Hand deutete etwas mehr nach links.

»Ich sehe es!«, wisperte Bimbo. Sie fasste nach Danys Hand. »Was ist das? Ein Glühwürmchen? Es sieht aus wie ein tanzendes Licht.«

»Muss aber ein ziemlich großes Glühwürmchen sein«, meinte Dany. Er war ganz heiser vor Aufregung. »Geradezu ein Monsterglühwürmchen. Schnell. Gib mir mal das Fernglas.« Es dauerte eine ganze Weile, bis er das tanzende Licht mit dem Fernglas gefunden hatte.

»Was siehst du?«, flüsterte Bimbo.

»Nichts. Nur ein Licht. Verdammt. Was hat das zu bedeuten?« Dany schaute Bimbo ratlos an.

»Vielleicht sind das unsere Kollegen. Ich meine, die Leute, von denen wir eben gesprochen haben. Die auch Wache schieben. Vielleicht war einer bloß mal austreten und hat die Taschenlampe mitgenommen, damit er nicht in ein Sumpfloch fällt.«

Dany warf Bimbo einen langen Blick zu. »Deine Erklärungen sind immer irgendwie total bescheuert. Fällt dir nichts Aufregenderes ein?«

Bimbo schüttelte ihre Locken. »Nein«, sagte sie gelassen. »Ich hab nicht so eine tolle Fantasie wie du. Was glaubst du denn, was das ist?«

»Es könnte ...« Dany nahm wieder das Fernglas vor die Augen. »Es könnte schließlich der Räuber sein. Der Seeadler-Räuber.«

»Du hast doch eine Meise. Der Typ würde doch nicht mit einer

Laterne durch das Moor latschen.« Bimbo strengte ihre Augen an. Irgendwie war das tanzende Licht wirklich gespenstisch. »Oder doch?«, fragte sie unsicher.

»Es kommt näher!«, wisperte Dany. Er wurde ganz starr vor Aufregung. »Es kommt auf uns zu. Sieh doch! Sieh doch!« Seine Hand krallte sich so in Bimbos Schulter, dass sie vor Schmerz beinah aufgeschrien hätte. »Ich seh schon. Ich bin doch nicht blind!«, gab sie wütend zurück.

»Was sollen wir tun, Bimbo?« Dany starrte sie an. »Was sollen wir tun?«

»Oh!« Bimbo schrie leise auf. Sie deutete auf etwas Dunkles, das, nur wenige Schritte von ihnen entfernt, plötzlich auftauchte. »Dany! Was ist das?«

»Der Adler! Der kranke Adler!« Dany kniete sich hin. Er zog Bimbo neben sich auf die Knie. »Toll!« Er legte seine Finger auf ihre Lippen. »Nicht bewegen!«

Sie konnten den Adler kaum sehen. Eigentlich war es nur ein Schatten, der Umriss eines Lebewesens, das sich in hüpfenden Sprüngen vorwärtsbewegte und dabei heisere Schreie ausstieß. Er war vielleicht zwanzig Meter von ihnen entfernt. Er kam nicht auf sie zu, sondern lief quer an ihnen vorbei. Das heißt, er hüpfte und sprang an ihnen vorbei.

»Die Operation scheint nicht gelungen«, wisperte Dany. »Er kann nicht fliegen. Vielleicht sind die Nähte wieder aufgeplatzt. Hoffentlich ist dieser Kerl nicht in der Nähe! Himmel, was tun?«

Bimbo sagte gar nichts. Mit riesengroßen Augen verfolgte sie das kranke Tier. Manchmal blieb es lange sitzen, als wenn es Kraft sammeln wollte, und dann hüpfte es weiter, blieb wieder stehen und dabei stieß es immer wieder krächzende kleine Schreie aus. »Wenn er wenigstens ruhig wäre!«, wisperte Dany. »Wenn er wenigstens nicht schreien würde! Aber so lenkt er die Aufmerksamkeit doch geradezu auf sich!«

»Ich kann das Licht nicht mehr sehen«, sagte Bimbo. »Das Licht ist weg, Dany!«

Dany schaute sich um. »Stimmt. Was hat das zu bedeuten?«

Bimbo hätte vor Aufregung beinah geweint. Ihre Stimme zitterte. »Woher soll ich das wissen? Wieso fragst du ausgerechnet immer mich?«

»Wen denn sonst? Hier schläft doch alles.« Dany ließ den Adler nicht aus den Augen. Einmal, als der Vogel auf einer Grassode ausruhte, die von Wasser umgeben war, das silbrig im Mondlicht glänzte, konnte man ihn ganz deutlich sehen. Den schönen Kopf, den gebogenen scharfen Schnabel. Dany hielt die Luft an. Er war ganz ergriffen.

Bimbo tastete nach dem Fernglas; dabei verlor sie das Gleichgewicht und fiel auf Peggys Schlafsack. Peggy schreckte sofort hoch. »Was ist los?«

»Psst!« Dany machte eine hektische Handbewegung. »Keinen Mucks!«

Peggy richtete sich im Zeitlupentempo auf. Es dauerte einen Augenblick, bis sie bei sich war. Bimbo legte ihr das Fernglas in den Schoß. »Wo?«, wisperte Peggy.

»Da drüben!« Bimbo machte ein Zeichen mit der Hand. »Auf dem Boden.«

»Er ist krank«, flüsterte Dany. »Es ist bestimmt der Adler, den Onkel Günter operiert hat. Aber es sieht aus, als ob er immer noch nicht fliegen kann.«

»Sollen wir in der Station anrufen?«, fragte Peggy.

Dany schüttelte den Kopf. »Jetzt nicht. Jetzt kann man ja nichts tun.«

Plötzlich schrie ganz in der Nähe ein Käuzchen. Bimbo zuckte vor Schreck zusammen.

»Wie unheimlich!«, flüsterte Peggy. Sie schaute sich um. Hinter ihnen war das dichte Gebüsch der Haselnusssträucher und der meterhohen, undurchdringlichen Disteln. Manchmal hörte man ein leises Rascheln und ein Knacken in den Zweigen und dann war wieder alles still. Ob ein Käfer, der durch das Gebüsch huschte, diese Geräusche verursachte? Vielleicht aber hüpfte auch nur ein kleiner Spatz von Zweig zu Zweig. Aber nachts schlafen die Spatzen doch …

Wieder der Schrei des Käuzchens. »Uuhuu, Uhuuu …«

Dany robbte ein Stückchen weiter vor. Aufmerksam spähte er über das Moor. Bewegte sich da etwas?

In diesem Augenblick zog eine Wolke vor den Mond und alles wurde von der Finsternis verschluckt.

Als der Mond hinter der Wolke wieder auftauchte, war der Adler verschwunden, und das Moor lag so ruhig und silbrig glänzend da wie immer.

»Eben dachte ich, ich hätte etwas gesehen«, murmelte Dany, »aber ich hab mich wohl getäuscht.«

»Uuuuhuuu … Uuuuhuuuu …« Wieder dieses Käuzchen! Warum war es nur so nervös? Plötzlich ein Flügelschlag und ein Vogel flog tief über das Moor, um dann nach links abzudrehen. »Was war das?«, wisperte Peggy.

»Keine Ahnung, kann man bei dem Licht nicht erkennen.«

»Ein Adler?«

»Möglich. Vielleicht auch das Käuzchen. Irgendwie ist es so unruhig, findet ihr nicht?« Schaudernd sah Peggy sich um.

Molles Schlafsack bewegte sich. Ein ganz verschlafenes, zerknautschtes Gesicht tauchte aus dem Schlafsack auf. »He … ist was? … Ihr seid ja alle wach!«

»Hast du das Käuzchen gehört?«, flüsterte Bimbo.

»Ich hab irgendwas gehört … aber ich dachte, es ist im Traum …« Molle rappelte sich mühsam hoch und fuhr mit den Händen durch ihre kurze Mähne. »Keine Spur von dem Räuber?«

»Vorhin haben wir gedacht, irgendetwas …«

»Da!« Peggy hielt das Fernglas an die Augen. »Das ist der Adler. Der hockt da neben dem Busch.«

»Nein, da doch nicht! Da drüben!« Ungeduldig nahm Peggy ihrem Bruder das Fernglas aus der Hand. »Da! Wo die beiden Büsche sind. Siehst du das nicht? Da bewegt sich doch was! Mann, ich bin doch nicht blöd!«

»Ich glaub, ich weiß, was sie meint!«, wisperte Bimbo aufgeregt. »Es sieht aus ... es sieht aus, als wenn jemand auf dem Bauch ...«

»Genau, da kriecht einer auf dem Bauch über die Grassoden ...«

»Und genau auf den Adler zu! O Mann! Das ist der Typ! Wetten, das ist er!«

Dany verschluckte sich fast vor Aufregung. »Was machen wir jetzt? Los, sagt schon, was machen wir?«

»Hol das Walkie-Talkie. Ruf die Station an.«

Dany nickte. Er kniete neben dem Rucksack nieder. »Wo ist die verdammte Taschenlampe?«, zischte er. »Ich kann sie nicht finden.«

»Wehe, du machst die Taschenlampe an!« Bimbo warf sich auf ihn. »Dann verraten wir uns doch! Der Typ darf doch nicht wissen, dass wir ihn beobachten.«

»Aber ohne Taschenlampe kann ich den verdammten Apparat nicht bedienen.«

»Natürlich kannst du. Gib her.« Bimbo streckte die Hand aus. Sie hielt den schwarzen Kasten so, dass das Mondlicht darauffiel. »Hier. Diese Knöpfe. Die muss man drücken. Dann leuchtet das grüne Licht auf.«

Sie drückte die Knöpfe. Aber das grüne Licht leuchtete nicht auf. Und es rauschte auch nicht wie damals, als die Leiterin der Vogelschutzwarte den Apparat erklärt hatte. Im Gegenteil. Der Apparat war vollkommen tot.

»Zeig mal.« Stirnrunzelnd nahm Peggy das Walkie-Talkie in die Hand. Sie drehte an den Knöpfen, schüttelte es und hielt es ans Ohr.

»Funkstille«, stellte sie fest.

Molle kümmerte sich nicht um die anderen. Sie war so weit wie möglich an den Rand des Moores gerutscht und beobachtete das Wesen, das auf dem Bauch vorwärtsrobbte. Es ging nur langsam voran. Und der Adler hockte immer noch unter dem Wacholderstrauch und schaute zu. »Flieg weg!«, flüsterte Molle beschwörend. »Hau doch ab, du dummer Vogel, du!«

Dany riss Peggy den Apparat aus der Hand. »Ich wette, die Batterie ist alle!«, flüsterte er. »So eine verdammte Scheiße. Was machen wir jetzt?«

Bimbo lief zu Molle. »Siehst du den Mann noch?«

»Da drüben. Er bewegt sich nur ganz langsam. Ich glaube, er ist schon halb im Sumpf versunken.«

»Quatsch. Das passiert dem doch nicht. Der ist bloß vorsichtig. Der ahnt vielleicht, dass er beobachtet wird.«

»Oder er will den Adler nicht verscheuchen.«

Peggy starrte ihren Bruder an. »Glaubst du, er will ihn fangen?«

»Natürlich. Das ist für ihn doch eine leichte Beute … Stell dir mal vor: ein Adler, der nicht fliegen kann.«

»Aber wieso haben die ihn denn überhaupt aus dem Gehege freigelassen? Das ist doch Wahnsinn! Man kann doch einen Adler, der nicht fliegen kann, nicht einfach freilassen!«, flüsterte Molle verzweifelt.

»Woher soll ich das wissen? Vielleicht konnte er zuerst fliegen und jetzt ist irgendetwas passiert. Vielleicht tut es ihm weh oder eine Naht ist geplatzt oder es hat sich etwas entzündet … gibt doch viele Möglichkeiten …«

»Schade, dass Daddy nicht hier ist. Daddy könnte bestimmt helfen …«

Der Mann bewegte sich plötzlich in eine andere Richtung. Er kam auf die Insel zu. »Runter!«, zischte Dany. Und sofort warfen sich alle blindlings ins Gras.

»Wieso entfernt er sich von dem Adler?«, fragte Bimbo flüsternd.

»Weiß ich doch auch nicht, Mensch. Stell doch nicht so blöde Fragen!« Dany kaute nervös an den Fingernägeln, während er den dunklen Schatten verfolgte, der sich auf sie zubewegte.

»Glaubst du, er hat uns gesehen?«, wisperte Molle. Sie presste ihr Gesicht ins Gras und wagte nicht aufzuschauen.

»Glaub ich nicht. Wir sind ja gut gedeckt durch das hohe Unkraut hier.«

»Ein Glück, dass wir die Taschenlampe nicht angemacht haben.«

Sie schwiegen. Mit klopfendem Herzen warteten sie. Der Schatten bewegte sich jetzt wieder in westlicher Richtung. Es war, als wolle er den Platz, auf dem der Adler sich befand, umkreisen.

»Hat er irgendetwas in der Hand?«, fragte Bimbo. »Eben hat doch was aufgeblitzt.«

»Das ist seine Taschenlampe.«

»Quatsch. Ich meine keine Taschenlampe, etwas Silbriges … wie ein Messer oder ein Gewehr oder so etwas …«

»Ein Messer? Ein Gewehr?« Peggys ohnehin blasses Gesicht wurde noch fahler. Sie zitterte. »Glaubt ihr, er …«

Dany hielt ihr die Hand auf den Mund. »Hör auf, hier rumzuunken. Wir wissen nichts, kapiert. Überhaupt nichts. Wir wissen nicht mal, was wir machen können.«

»Es ist ein Gewehr!« Bimbo stieß einen unterdrückten Schrei aus. »Ich hab es ganz deutlich gesehen!« Sie sprang auf und warf sich Dany in die Arme. »Er wird den Adler erschießen, Dany! Er erschießt ihn!«

»Vielleicht ist es nur ein Betäubungsgewehr!«, flüsterte Molle. Sie schloss die Augen. »Bitte, lieber Gott, lass es nur ein Betäubungsgewehr sein!«, betete sie lautlos.

Bimbo richtete sich plötzlich kerzengerade auf. »Ich hab's«, wisperte sie. »Ich weiß, was wir tun müssen.«

Sie ging zu ihrem Platz, öffnete den Rucksack und zog das Lasso heraus. Triumphierend hielt sie es hoch.

Peggy starrte sie an. »Was willst du denn damit?«

Bimbo reagierte nicht. Sie hielt Dany das Lasso hin. »Du oder ich?«

»Was?«, fragte Dany verständnislos.

»Willst du ihn einfangen oder soll ich es versuchen? Die Frage ist, wer kann im Dunkeln besser sehen.«

Molle hob den Kopf. »Ihr seid wahnsinnig!«, zischte sie. »Ihr könnt doch nicht …«

»Mund halten.«

Bimbo und Dany schauten sich an. Schließlich hob Dany die Schultern. »Irgendwie hab ich das Gefühl, du hast die besseren Nerven. Ich bin auf einmal so zittrig.«

»Das ist typisch«, flüsterte Peggy. »Jungen sind immer ganz zittrig, wenn es drauf ankommt. Mädchen haben einfach mehr Mut.«

»Mann, Peggy, das ist nun wirklich nicht der richtige Augenblick, um …«

»Okay. Ich versuch es. Drückt mir die Daumen.«

Bimbo rollte das Lasso auf, wie sie es von Jo gelernt hatte, und schlich gebückt im Schutz der hohen Gräser bis ans Ufer des Sumpfes. Als ihre Füße nur noch glitschigen Morast fühlten, blieb sie stehen. Sie kniff die Augen zusammen und versuchte, die Entfernung zu dem Schatten zu schätzen.

Mehr als zwanzig Meter, dachte sie. Vielleicht fünfundzwanzig Meter. Das ist verdammt viel. Ich muss noch näher ran.

Der Gedanke, dass sie wieder einsinken könnte, beunruhigte sie nur einen kurzen Moment. Tapfer ging sie in die Knie und rutschte vor bis zur nächsten Schilfinsel. Hier war sie noch sicherer, im Schutz der dichten Schilfhalme. Sie musste sich etwas aufrichten. Und dann sah sie, dass der Mann sich geradewegs auf sie zubewegt hatte!

Ich habe Glück, dachte sie. Ich darf jetzt nur nicht die Nerven verlieren. Er ist immer noch zu weit weg. Ich muss abwarten … abwarten …

Sie duckte sich und zählte bis zehn. Dann wagte sie, den Kopf wieder etwas hochzurecken. Sie spähte über das Schilf hinweg. Und da setzte ihr Herz aus.

Der Kerl war ganz nah! Keine zehn Meter von ihr entfernt! Bimbo hielt den Atem an. Der Mann hatte ihr den Rücken zugedreht. Aber dann merkte Bimbo, wie sie auf der wackeligen Grassode zu kippen begann. Sie hielt sich an dem Schilfgras fest und das rauschte und knisterte.

Der Mann drehte sich sofort argwöhnisch um. Er trug eine Maske! Einen braunen Strumpf, den er über das Gesicht gezogen hatte. Nur für Augen und Mund waren Löcher. Deshalb hatten sie sein Gesicht im Mondlicht nicht erkannt.

Bimbo rührte sich nicht. Sie hielt die Luft an und konzentrierte sich. In Gedanken ging sie schnell alle Handbewegungen durch, die sie gleich ausführen musste, um das Lasso zu werfen.

Der Mann mit der Strumpfmaske war auch völlig bewegungslos. Er schaute immer noch in ihre Richtung. Bimbo wusste nicht, ob er sie sah oder ob er nur so einen Verdacht hatte, dass dort ein Mensch stand. Aber wenn ich ihn sehe, dachte sie, muss er mich doch genauso sehen … wieso läuft er dann nicht weg? Aber ich laufe ja auch nicht weg, dachte sie. Wie zwei Gegner, die sich gegenüberstehen und sich messen.

»Uuuhuuu … Uuuhuuu …« Plötzlich wieder der raue Schrei des Käuzchens. Der Mann mit der Maske zuckte bei dem unerwarteten Geräusch zusammen und drehte sich um.

In diesem Augenblick nahm Bimbo das aufgerollte Lasso in die linke Hand, in der rechten hielt sie die weit aufgezogene Schlinge. Sie machte eine halbe Drehung und schleuderte dann, blitzschnell und ganz konzentriert, das Seil ab.

Der Mann machte auch eine halbe Drehung. Vielleicht wollte er weglaufen, vielleicht wollte er sich wieder zu ihr umdrehen … die Schlinge sauste durch die Luft und fiel über seinen Kopf, und der Mann merkte es erst, als es zu spät war.

Er schrie erschrocken auf. Er fuchtelte mit den Armen, er wollte wegrennen.

Bimbo zog kaltblütig die Schlinge zu. In diesem Augenblick gaben ihre Beine nach, doch sie wusste, ich habe ihn! Ich habe ihn tatsächlich! Ihr wurde schlecht. Das war die Aufregung oder die Anspannung. Oder die Angst vor dem, was gleich kommen würde. Was konnte denn gleich kommen?

Bimbo sackte in die Knie. Das Ende des Lassos rutschte ihr aus der Hand. Als sie es merkte, warf sie sich erschrocken über das Seilende, das davonschlängelte wie ein Reptil.

»Schon gut, ich hab's.« Dany stellte seinen Fuß auf das Seilende. »Keine Angst. Ich hab's wirklich.«

Bimbo hob den Kopf. Sie war ganz benommen. »Es ist mir aus der Hand gerutscht«, murmelte sie fassungslos. »Ich weiß nicht … ich habe …«

Dany sagte nichts. Er bückte sich, um das Seilende aufzuheben. »Halt mit fest!«, rief er. »Der Kerl will türmen.«

Beinahe wäre er mitgerissen worden und im Sumpf gelandet. Aber Bimbo klammerte sich an ihn und dann zogen sie gemeinsam an dem Seil.

»So ein Wahnsinn!«, rief Dany. »Das ist ja das Letzte!« Er drehte sich um zu dem Mann mit der Maske. »Ziehen Sie doch nicht so, verdammt noch mal. Sie haben doch sowieso keine Chance!«

Der Mann schrie nur. Er brüllte wie ein Tier.

Peggy und Molle kamen endlich zu Hilfe.

»Hast du es wirklich geschafft?«, fragte Molle fassungslos. »Hast du ihn mit dem Lasso eingefangen?«

»Wie du siehst.« Bimbo hatte sich inzwischen schon ein bisschen erholt. Allmählich begriff sie, was für eine Meisterleistung sie vollbracht hatte.

Der Mann mit der Maske kam ihnen langsam entgegen. Je näher er kam, desto unheimlicher sah diese Strumpfmaske aus.

Dany und Bimbo achteten darauf, dass das Seil immer straff blieb. »Sonst kann er sich befreien und ist sofort wieder weg!«, warnte Dany.

»Ich versuch noch mal, ob der blöde Apparat jetzt geht!«, rief Peggy.

»Bring die Taschenlampe mit!«, schrie Dany ihr hinterher.

Peggy verschwand. Der Mann blieb plötzlich stehen. Er war nur fünf Meter von ihnen entfernt. Aber in der Dunkelheit konnte man nur seine Umrisse sehen. Der Mond hatte sich wieder hinter einem Wolkenband versteckt.

Dany hatte das komische Gefühl, als wenn der Mann an Flucht dachte. Als wenn er versuchen würde, sie auszutricksen.

»Sie haben keine Chance!«, rief er. »Geben Sie auf!«

Einen winzigen Augenblick war Dany nicht aufmerksam. Das Seil wurde locker, und er sah, wie der Mann blitzschnell aus dem Seil schlüpfte, das um seine Arme und seinen Bauch geschnürt war.

»Bimbo!«, schrie Dany.

Aber da waren die Arme des Mannes schon frei. Er zog die Strumpfmaske vom Kopf und schleuderte sie weg. Dann drehte er sich um und rannte davon. Mit riesigen Sprüngen von einer Sumpfinsel zur anderen entfernte er sich.

Als der Mond hinter den Wolken wieder auftauchte, war er verschwunden.

Dany fluchte. Er wischte sich den Schweiß von der Stirn. »Das war's dann wohl … so ein Mist, verdammter …«

Bimbo umklammerte seinen Arm … Ihre Augen leuchteten. »Dany! Ich hab sein Gesicht gesehen! Hast du sein Gesicht nicht gesehen?«

»Es war doch ganz finster. Er hat sich doch sofort umgedreht!«

»Nicht sofort! Ich hab sein Gesicht gesehen. Ich weiß, wer es ist, Dany!«

Bimbos Stimme war vor Aufregung nur ein Wispern. Sie setzte sich ins Gras und starrte vor sich hin. Mechanisch rieb sie ihre Handflächen, die von dem rauen Seil noch brannten.

»Wer?«, schrie Dany. »Wer?«

Bimbo hob den Kopf. »Es ist der Mann, mit dem Jo befreundet ist. Du weißt schon, der die Tiere ausstopft und präpariert ...«

»Dickie?«, schrie Dany. »Du meinst den Typen aus der Fischerhütte?«

Bimbo nickte.

»Das glaube ich nicht«, stammelte Dany. »Nein, das glaube ich nicht. Dickie ist doch Jos Freund. Jo kann doch nicht mit einem Menschen befreundet sein, der Seeadler-Eier raubt.«

»Ich habe sein Gesicht gesehen, Dany«, sagte Bimbo leise. Sie rieb immer noch ihre Hände. »Ich habe mich nicht geirrt.«

Molle ließ sich neben Bimbo ins Gras fallen. Sie hatte verständnislos zugehört. »Ich habe keine Ahnung, wovon ihr redet. Wer stopft denn Tiere aus? Wer ist Dickie? Und welche Fischerhütte meint ihr?«

Peggy kam angerannt. »Hier«, keuchte sie. »Der Apparat und die Taschenlam...« Sie brach mitten im Satz ab. »Wo ist er denn?«

»Weg«, sagte Molle. »Entwischt. Er hat sich befreit, die Maske abgerissen und ist abgehauen.«

»Aber Bimbo hat ihn gesehen«, sagte Dany nachdenklich. »Und ich glaube, das macht alles einen Sinn. Ein Mann, der Tiere präpariert, der hat doch Kontakte, der weiß doch, wer Seeadler sammelt, tot oder lebendig.« Er strahlte Bimbo an.

»Ich habe recht! Versucht doch mal, diesen Kasten anzuwerfen, und gebt die Nachricht an die Station durch. Ich hab langsam Durst.«

In diesem Augenblick, als Bimbo sich entfernte, die Hände in den Hosentaschen, erinnerte sie Dany tatsächlich an einen Rodeoreiter. Sie hatte so etwas Angeberisch-breitbeiniges in ihrem Gang, das ihn an die alten Westernfilme erinnerte.

Wie durch ein Wunder funktionierte der Apparat! Plötzlich leuchtete das grüne Licht auf, und als Peggy an dem Lautstärkeregler drehte, hörte man ein Zischen und Knacken.

»Zieh die Antenne weiter raus. Ganz bis zum Ende«, riet Molle.

Peggy brüllte in die Sprechmuschel: »Hildegard eins, bitte kommen!«

»Du musst noch sagen: hier Station vier.«

»Hier Station vier! Hildegard eins, bitte kommen!«

Es rauschte und knackte und summte, aber keine Stimme war zu hören. Enttäuscht legte Peggy den Apparat zur Seite. »Das Ding taugt nichts«, stellte sie fest. »Die sollten sich wirklich mal was Vernünftiges anschaffen.«

Dany hob das Walkie-Talkie auf. »Ich versuch's noch mal. Hildegard eins, bitte kommen! Hier Station vier, Hildegard eins!«

Wieder nichts. Nur Rauschen und Knacken.

»Das nervt«, stellte Bimbo fest. »Ich finde, es ist Zeit für einen Imbiss. Wer hat Lust auf ein Stück Nussschokolade?«

Alle hatten Lust auf ein Stück Nussschokolade.

»Hier Hildegard eins! Station vier, bitte kommen!«

Dany fiel vor Schreck fast die Schokolade aus dem Mund. Er hechtete zum Apparat und drehte wie wild an den Knöpfen. »Hildegard eins, können Sie uns hören? Hier spricht Dany, Station vier!«

»Ich könnte dich noch viel besser verstehen, Dany, wenn du nicht so schreien würdest.«

Das war die Stimme der Leiterin. Dany lachte erleichtert auf. »Na toll. Wir haben Neuigkeiten! Können Sie herkommen?«

»Jetzt? Wisst ihr, wie spät es ist?«

»Genau halb zwei Uhr nachts«, antwortete Dany strahlend. »Aber wir haben wirklich sehr gute Neuigkeiten. Bimbo hat den Räuber mit dem Lasso gefangen, aber er hat sich leider befreit. Aber wir wissen, wer es ist.«

Pause. Nur Rauschen und Knacken. Dany lauschte. Er hielt den Apparat ganz dicht ans Ohr, aber Hildegards Stimme war nicht zu hören.

»Hildegard eins, hören Sie mich noch? Hier Station vier!«

»In Ordnung. Ich höre euch. Ich war gerade eben an dem anderen Apparat. Ist das wahr, was ihr erzählt, Dany?«

»Total wahr.«

Bimbo beugte sich vor. »Wenn Sie uns holen, können Sie etwas zu trinken mitbringen? Wir verdursten hier.«

Sie hörten Hildegards Lachen. »Okay. Ich bin in einer halben Stunde bei euch. Haltet ihr es noch so lange aus?«

»Aber immer. Bis später.« Dany schaltete das Walkie-Talkie aus. Er strahlte in die Runde. »Na? Wie hat das geklappt?«

»Fabelhaft«, sagte Molle. »Wer will noch ein Stück Schokolade? Ich finde, der Appetit kommt irgendwie immer beim Essen.«

Bimbo sagte nichts. Und so entfiel auch der vielsagende Blick auf Molles Oberschenkel. Einträchtig mampften sie ihre Schokolade und warteten, bis aus der Ferne das Motorengeräusch erklang.

7. Kapitel

Die Leiterin der Vogelschutzwarte war abenteuerlich gekleidet. Sie trug eine weite Jeanslatzhose und darunter offenbar ein Nachthemd, das sich zu einer dicken Wurst um ihre Taille gedreht hatte. Gegen den kühlen Nachtwind hatte sie sich eine karierte Wolldecke um die Schultern gelegt und eine Pudelmütze aufgesetzt.

Als sie vom Jeep kletterte und in den Strahl von Danys Taschenlampe geriet, lachte sie verlegen. »Ich sehe aus wie ein Waldschrat, was? Hoffentlich erzählt ihr eurem Vater nicht, wie ich nachts hier durch das Teufelsmoor geistere. Das darf niemand wissen. Aber ich kann mich wirklich nicht dreimal in der Nacht stadtfein machen, nur weil wieder mal Fehlalarm gegeben wurde ...«

»Das hier ist kein Fehlalarm«, sagte Peggy stolz.

»Bimbo hatte ihn schon mit dem Lasso gefangen«, fügte Dany hinzu, »aber blöderweise konnte er sich befreien.«

»Er trug eine Strumpfmaske. Einen braunen Strumpf, in den Augenlöcher und ein Mundloch geschnitten waren.«

Hildegard Björnson schaute die Kinder misstrauisch an. »Stimmt das wirklich? Oder wollt ihr mich verkohlen?«

»Doch nicht mitten in der Nacht!«, meinte Bimbo treuherzig. Sie bückte sich, um das Lasso aufzuheben. »Hier. Das ist der Beweis. Vielleicht sind sogar Fingerabdrücke dran.«

»An einem Seil?« Hildegard Björnson seufzte. »Das möchte ich bezweifeln.«

»Aber wir brauchen ja nicht seine Fingerabdrücke. Ich hab ihn doch gesehen!«, rief Bimbo aufgeregt. »Ich könnte schwören, dass es Dickie war! Schwören!«

»Dickie? Wer soll das denn sein?«

Dany und Bimbo erzählten, sich ständig gegenseitig unterbrechend, von ihrem Besuch bei dem Tierpräparator.

Neugierig hörte die Leiterin zu. Schließlich murmelte sie: »Und ich weiß das nicht! Wieso erfahre ich nicht, dass sich hier ein Tierpräparator niedergelassen hat? Wieso erzählt mir das keiner? Das ist ungeheuerlich! So ein Mensch ist natürlich sofort verdächtig!«

»Vielleicht weiß noch niemand, dass er hier ist. Er ist erst vor Kurzem hierhergezogen. Hat Jo gesagt.«

»Jo? Und wer ist Jo?«

»Jo ist Rodeoreiter«, erklärte Bimbo. »Seine Leute gastieren gerade in Husum.«

Hildegard Björnson schüttelte den Kopf. »Was ihr für Leute kennt!«

»Er hat eine Salbe für sein Pferd geholt, bei meinem Daddy.« Bimbo deutete auf das Seil. »Und dann hatten Dany und ich die Idee, uns von ihm Lassowerfen zeigen zu lassen.«

Ungläubig nahm Hildegard Björnson das Lasso in die Hand. »Und das kann man so schnell lernen? Ich dachte, das dauert Jahre.«

»Von einem Pferd ist es natürlich schwieriger, ich meine im Galopp und so«, sagte Bimbo bescheiden.

Dany lachte. »Gute Leute haben früher die Kutscher der Postkutschen mit dem Lasso vom Kutschbock geholt. Hab ich mal in einem Western gesehen.«

»Was ihr gemacht habt, war schon gut genug.« Fassungslos schaute Hildegard Björnson Bimbo an. »Ich kann mir gar nicht vorstellen, wie man so etwas schafft ...«

Bimbo lächelte verlegen. »Wenn ich ehrlich sein soll: Ich glaube, ich habe einfach Glück gehabt. Ich hab gedacht: Es muss klappen! Es muss klappen! Ich hab mich ganz toll konzentriert. Und dann hat es auch geklappt.«

Peggy und Molle hatten inzwischen schon die Schlafsäcke zusammengerollt und die Rucksäcke im Jeep verstaut. Sie kletterten auf die hinteren Sitze und warteten, bis alle eingestiegen waren und der Motor angelassen wurde.

Peggy kuschelte sich in ihren warmen Anorak. »Irgendwie bin ich froh, dass wir nicht bis zum Morgengrauen aushalten mussten«, murmelte sie. »Ein bisschen unheimlich war es schon.«

Sie stellte sich vor, dass morgens auch noch Nebelschleier über dem Moor wehen und dann alle Wacholdersträucher wie bucklige menschliche Wesen aussehen würden …

»Ich möchte in mein Bett.« Sie legte ihren Kopf auf Molles Schoß. »Ich möchte in mein schönes gemütliches warmes Bett.«

Hildegard Björnson schaute sich zu den beiden Mädchen um. Sie lächelte verständnisvoll. »Okay. Ich fahr euch gleich nach Hause. Die Räder könnt ihr ja morgen abholen oder wir bringen sie mit dem Jeep vorbei. Ihr müsst jetzt wirklich in die Federn. Wenn sich einer eine gemütliche Nachtruhe verdient hat, dann seid ihr es.«

Niemand protestierte, als Hildegard Björnson den Jeep in Richtung Süderhof steuerte. Weil sie übermüdet waren und erschöpft von den Aufregungen, fröstelten sie alle. Molles Zähne klapperten und sie hielt erschrocken die Hand vor den Mund. Dany gähnte herzzerreißend.

Er kippte beinahe aus dem Jeep, als Hildegard Björnson eine scharfe Kurve nahm.

Bei der Ankunft auf dem Süderhof war Bimbo allerdings tief eingeschlafen.

Erstaunt schaute Hildegard Björnson sie an. »Solche Nerven müsste ich noch einmal haben.«

Molle weckte Bimbo genauso unsanft, wie sie sonst immer von Bimbo geweckt wurde. Alle gaben der Leiterin die Hand.

»Und wann erfahren wir, wie es weiterging?«, fragte Dany.

»Ich ruf euch morgen früh an, okay. Ich muss erst mit der Polizeistation sprechen. Aber dann sag ich euch gleich Bescheid. Ehrenwort!«

»Daddy, Bimbo hat einen Mann mit dem Lasso gefangen – wie findest du das?«

Dr. Brendel, der hastig im Stehen eine Tasse Kaffee trank und dabei die Schlagzeilen der Zeitung überflog, schaute verblüfft auf. »Einen Mann mit dem Lasso eingefangen? Stellst du dir so die Liebe vor?«

Molle kicherte. »So einen Mann doch nicht. Sondern den Seeadler-Räuber. Wir haben ihm heute Nacht sein Geschäft verdorben. Toll, was?«

»Ist das wirklich wahr?«

»Ehrenwort. Er ist uns zwar abgehauen, aber wir haben ihn erkannt.«

»Er trug nämlich eine Strumpfmaske!«, schrie Ben begeistert, der die Geschichte schon zweimal gehört hatte. »Und da waren Löcher drin für die Augen, damit er nicht im Teufelsmoor versinkt.«

»Na toll.« Dr. Brendel schenkte sich noch eine Tasse Kaffee ein. Er setzte sich auf die Ecke des Stuhles und biss in ein trockenes Brötchen. »Und wer ist es?«

»Ein Mensch namens Dickie. Er präpariert Tiere, Daddy! Ich wette, da wird die Polizei Einiges aufdecken.«

»Frau Dr. Björnson ruft nachher an, um Bescheid zu sagen. Schöne Grüße übrigens.«

»Ach ja. Und der Adler kann überhaupt nicht fliegen. Der, den du operiert hast, der hüpft nur auf dem Boden rum.«

Dr. Brendel schaute Dany an. »Und wieso hat mir niemand Bescheid gesagt? Wieso hab ich von der Vogelwarte keinen Anruf bekommen?«

In diesem Augenblick erschien Sonia Brendel in der Tür. Sie trug noch ihren Bademantel und rubbelte gerade mit einem Frotteetuch ihre Haare trocken.

»Stimmt. Das habe ich vergessen. Da ist ein Anruf gekommen, wegen des Adlers, von der Vogelschutzwarte.«

Dr. Brendel schaute seine Frau an. »Und das höre ich erst jetzt? Darf ich mal wissen, warum man mir so etwas nicht mitteilt?«

Sonia Brendel hob die Schultern. »Ich hab's vergessen. Ich hatte wichtigere Dinge zu bedenken. Ben, stopf nicht so. Dir läuft ja der Honig am Kinn herunter.« Sie putzte ihm mit einer Serviette die Hände und das Kinn ab und öffnete dann die Küchentür, um einen Blick in den Morgenhimmel zu werfen.

Dr. Brendel schaute seine Frau an. Molle fing diesen Blick auf, und sie dachte: Himmel, da liegt schon wieder Rauch in der Luft. Wieso vertragen die beiden sich überhaupt nicht mehr?

Schnell stand sie auf, nahm ihr Gedeck und trug es zur Spüle.

»Also, ich geh in mein Zimmer. Wenn der Anruf von der Vogelschutzwarte kommt, sagt ihr mir Bescheid, ja?«

Bimbo gähnte und streckte sich auf ihrem Stuhl. »Ich könnte mich glatt noch mal eine Runde aufs Ohr legen.«

»O ja, kann ich dann Klärchen auf die Koppel bringen?«, fragte Peggy flehend. »Und vielleicht einen kleinen Ausritt mit ihr machen?«

»Meinetwegen, wenn du nicht zu müde bist.« Bimbo erhob sich. »Aber ohne Shalimar. Ich will heute keinen Stress.«

Es dauerte nur wenige Sekunden, da waren Dr. Brendel und Sonia allein.

»Warum verschwinden die Kinder immer so schnell?«, fragte Dr. Brendel verwirrt. Er blickte auf den abgegrasten Frühstückstisch und stellte die Stühle korrekt an ihren Platz.

»Ich nehme an, denen geht unsere schlechte Laune auf die Nerven«, erwiderte Sonia Brendel.

Überrascht hob ihr Mann den Kopf. »Meinst du, die Kinder merken etwas?«

»Kinder«, sagte Sonia Brendel seufzend, »merken alles. Das ist ja das Problem. Ich fahre nachher übrigens weg.«

»Aha. Und wann kommst du wieder?«

»Keine Ahnung. Heute Abend. Vielleicht aber auch erst morgen. Ich muss über mein Leben nachdenken.«

»Schon wieder?«, fragte Dr. Brendel gereizt. »Du hast doch erst vor ein paar Tagen über dein Leben nachgedacht.«

Sonia Brendel wickelte sich das Frotteetuch um den Kopf. Dann begann sie, den Frühstückstisch abzuräumen. »Über das Leben kann man gar nicht lange genug nachdenken.«

Ben stand plötzlich wieder in der Küche. Er zog ein Gesicht, als wenn er gleich losheulen würde. »Die wollen alle nicht mit mir spielen«, maulte er. »Die sind so gemein. Molle sitzt in ihrem Zimmer und liest, Peggy will ausreiten und mich nicht mitnehmen, Bimbo schläft und Dany sagt, ich soll ihn nicht stören.« Ben schmiegte sich an seine Tante. »Ich weiß gar nicht, was ich jetzt machen soll.«

Sonia Brendel gab ihm einen Kuss. »Weißt du was? Du gehst zur Oma. Du kannst doch James Bond mal was Neues beibringen. Irgendeinen tollen Satz.«

Ben zog die Nase hoch. »Was denn für einen tollen Satz?«

»Ich weiß nicht. Denk dir was aus.«

Ben überlegte. Dann nickte er bedächtig. »Ich glaub, ich weiß was.« Er schenkte seiner Tante ein strahlendes Lächeln und war schon wieder aus der Tür.

Um vier Uhr nachmittags fuhr ein Streifenwagen der Polizei auf den Hof. Zwei Polizisten stiegen aus dem Auto und kamen auf das Wohnhaus zu. Molle, die gerade ihre Kakteen auf dem Fensterbrett begoss, riss das Fenster auf. »Wollen Sie zu uns?«

Der Polizist mit dem Schnurrbart schaute zu ihr hoch. »Wir wollen eine gewisse Beatrice Brendel abholen. Ist die zu Hause?«

»Das ist Bimbo, das ist meine Schwester. Ich sag ihr Bescheid.« Molle knallte das Fenster zu. Sie stürzte zum Bett.

Bimbo hatte sich schon wieder unter der Decke zusammengerollt. Offenbar wollte sie an diesem Tag den Schlaf der ganzen letzten Woche nachholen.

»He! Bimbo! Sie sind da! Die Polizei ist da! Sie wollen dich abholen! Wach auf! Mach schnell!«

Bimbo schreckte hoch. »Die Polizei?«, fragte sie verwirrt, sie war noch ganz verschlafen. »Was hab ich denn ausgefressen? Geht das Rücklicht an meinem Fahrrad nicht oder was?«

»Mann, Bimbo! Es ist wegen heute Nacht! Ich wette, es hat etwas mit diesem Kerl zu tun, du weißt schon, der mit der Maske!«

Es dauerte noch eine Sekunde, dann war Bimbo hellwach.

Mit einem Satz sprang sie aus dem Bett. Sie schlüpfte in ihre Jeans, warf sich ein T-Shirt über, fuhr mit den Händen durch die Haare, schlüpfte in die Sandalen und sagte: »Okay. Kann losgehen!«

Als Molle und Bimbo aus dem Haus traten, warteten Peggy und Dany schon neben dem Streifenwagen. Dany ließ sich gerade die Pistole erklären, die der Polizist mit dem Schnurrbart aus dem Halfter genommen hatte. Ehrfürchtig bestaunte er das Ding. »Ist die auch geladen?«

Der Polizist lächelte. »Wenn sie nicht geladen wäre, hätte es wohl wenig Sinn, sie mit sich herumzuschleppen. Aber sie ist natürlich nicht entsichert.«

»Heißt das, man kann damit nicht schießen?«

»Man kann schon, wenn man sie entsichert. Hier, der kleine Hebel muss erst zurückgeschoben werden. Sonst könnte sich aus Versehen ein Schuss lösen, beim Handgemenge oder so.«

»Mhmh.« Dany betrachtete nachdenklich die Pistole. »Was ist

das für ein Gefühl, mit so einem Schießeisen rumzulaufen? Wie im Kino, oder?«

Der Polizist grinste. »Nicht ganz so wie im Kino. Ein bisschen langweiliger, würde ich sagen. Ich hab das Ding in meinem Leben noch nie gebraucht. Gott sei Dank, möchte ich sagen.«

»Das versteh ich. Ich würde mich auch fürchten, wenn ich schießen müsste.«

»Schlafen Sie auch mit der Pistole?«, fragte Peggy neugierig. »Ich hab irgendwo mal gelesen, dass Polizisten und Detektive die Pistole immer unter dem Kopfkissen haben.«

Der andere Polizist, der bis jetzt geschwiegen hatte, brach in lautes Gelächter aus. »Das sind wohl eher die Verbrecher, die Angst haben, dass es im nächsten Augenblick bei ihnen klingelt und die Polizei vor der Tür steht, um sie zu verhaften.« Er öffnete die hintere Autotür. »Also, wie ich das sehe, wollt ihr alle mit.«

»Natürlich. Wir haben ja auch alle zusammen heute Nacht Wache gehalten.«

Molle kletterte als Erste auf den Rücksitz, dann folgten Dany, Peggy und Bimbo, die sich richtig reinquetschen musste.

»Eigentlich ist das nicht ganz korrekt, was wir hier machen«, meinte der Polizist grinsend. »Vier Personen auf dem Rücksitz sind nicht gestattet.«

»Betrachten Sie mich einfach als halbe Person«, sagte Bimbo. Sie machte sich noch ein bisschen schmaler. »Ich bin sozusagen überhaupt nicht vorhanden.«

Der Polizist lachte übermütig. »Ist ja nur eine kurze Tour. Und über Seitenwege. Wird schon gut gehen. So eng darf man das mit den Vorschriften auch nicht immer sehen.«

Dany riss die Augen auf. »Und das sagt ein Polizist? Ist ja interessant!«

Der Polizist drehte sich zu ihm um und legte bedeutungsvoll die

Finger an die Lippen. »Aber nicht weitersagen! Verpetz mich nicht bei meinem Chef.«

Dany grinste. »Ich doch nicht.«

Sie fuhren über die schmalen Asphaltwege, die zwischen den Rapsfeldern und Weizenfeldern hindurchführten, geradewegs auf den Leuchtturm zu. Als sie kurz vor dem Deich waren, bog der Wagen nach links ab.

Molle genoss es, in einem Streifenwagen zu sitzen. Sie hoffte, irgendjemand aus der Schule würde ihnen begegnen, aber natürlich waren die Straßen an diesem Samstag wie ausgestorben. Es wäre zu schön gewesen, wenn am nächsten Montag die Schüler in der Pause auf sie zugestürzt wären: »Molle, was hast du denn in einem Polizeiauto gemacht?«

Und dann hätte sie gesagt: »Was macht man schon in einem Polizeiauto. Man ist verhaftet, nehme ich an.« Sie grinste bei diesem Gedanken.

»Und die Leiterin der Vogelschutzwarte«, fragte Dany plötzlich, »ist die nicht da?«

»Wir haben uns dort verabredet«, sagte der Polizist. »Um Punkt halb fünf. Ich hoffe, sie ist pünktlich.«

Frau Dr. Björnson war pünktlich. Sie hatte ihr Auto allerdings hundert Meter vor der Fischerhütte geparkt, und zwar hatte sie es so dicht in die Haselstrauchhecke gefahren, dass man es fast nicht sehen konnte. Erleichtert lief sie auf das Polizeifahrzeug zu.

»Ich hatte schon Angst, Sie sind nicht pünktlich!«, rief sie. »Ich hab mir schon ausgemalt, was passiert, wenn dieser Mensch plötzlich aus dem Haus kommt und mich hier sieht. Der würde doch sofort Verdacht schöpfen.« Hildegard Björnson hatte vor Aufregung lauter rote Flecken im Gesicht.

Der Polizist stieg gelassen aus dem Auto. »Keine Panik, Frau Doktor. Wir werden schon dafür sorgen, dass dieser Mensch Ihnen nichts tut. Aber viel wichtiger ist es herauszufinden, ob er wirklich der Täter ist. Oder ob wir nur einem falschen Verdacht hinterhergelaufen sind. Das wäre dann allerdings ein bisschen peinlich für alle Beteiligten.«

Wie auf Kommando schauten alle Bimbo an. Bimbo erbleichte. Zitternd sagte sie: »Wieso gucken Sie mich so an?«

»Das weißt du doch genau«, sagte Dany. »Tu nicht so. Du hast gesagt, dass du Dickie erkannt hast. Stimmt's oder stimmt's nicht?«

Trotzig nickte Bimbo. »Es stimmt schon. Aber ich habe ihn ja nur ganz kurz gesehen ... so einen winzigen Augenblick, als er die Maske runtergerissen hat, und dann hat er sich ja auch gleich wieder umgedreht.« Sie ging auf den bärtigen Polizisten zu. Ihre Stimme war ganz kleinlaut. »Und wenn ich mich wirklich geirrt habe, werde ich dann verhaftet?«

Der Polizist lachte. »Das nicht gerade, aber eine Freude wird es nicht werden.« Er nickte seinem Kollegen zu. »Also los, Werner. Dann wollen wir mal.«

Die Gruppe bewegte sich auf den Eingang der Fischerhütte zu. Dany schaute nach oben zum Dachfenster. Einen Augenblick war ihm so, als wenn ein Gesicht hinter der staubigen Scheibe aufgetaucht wäre. Aber vielleicht hatte er sich ja auch geirrt. Sein Herz klopfte. Verstohlen schaute er Bimbo an. Bimbo ging bleich, mit kleinen Schritten, neben Frau Dr. Björnson her. Sie hatte ihre Augen starr geradeaus gerichtet.

Dany konnte förmlich hören, wie aufgeregt ihr Herz schlug. Er beugte sich vor und flüsterte ihr ins Ohr: »Ich wette, du hast dich nicht geirrt. Du hast doch Augen wie ein Luchs!«

Bimbo schenkte ihm ein dankbares Lächeln. Aber sie sagte nichts. Sie bekam die Zähne einfach nicht mehr auseinander. Ihr Kiefer war wie zugeschweißt vor Aufregung.

»Ich würde sagen«, der bärtige Polizist deutete auf Frau Dr.

Björnson und Bimbo, »wir gehen zusammen.« Er wandte sich an die anderen drei. »Ihr bleibt am besten ein bisschen im Hintergrund. Und bitte«, er schaute sie mahnend an, »keine Heldentaten! Ja? Gestern die Sache mit dem Lasso war ja sehr hübsch, aber wir wissen nicht genau, was da hinter der Haustür wartet.« Er deutete mit dem Kopf zur Tür, die fest verschlossen war.

Dany nickte. »Sie können sich auf uns verlassen.«

Er stellte sich mit Molle und Peggy seitlich vom Eingang auf. So waren sie halb verdeckt von den Büschen.

Von ihrem sicheren Platz aus verfolgten sie, wie Frau Dr. Björnson und Bimbo, flankiert von den beiden Polizisten, ruhig auf das Haus zugingen.

Der ältere Polizist klopfte. Er tat das mit der ganzen Faust, und es war so laut, dass die drei von ihrem Versteck aus es gut hörten. Aber die Tür blieb verschlossen.

Dany beobachtete wieder die Dachluke. »Vorhin hab ich gedacht, da ist jemand«, wisperte er. »Komisch. Jetzt rührt sich nichts.«

»Da! Hinter dem Fenster!« Peggy stieß Dany aufgeregt in die Seite. »Siehst du? Da bewegt sich was!«

Es war das Fenster ganz außen. Wenn man genau hinschaute, konnte man tatsächlich sehen, wie sich etwas bewegte.

Molle schluckte aufgeregt. »Ich wette, der hat uns kommen sehen und will bloß nicht aufmachen.«

»Vielleicht verbarrikadiert er sich ja gerade.«

Dany holte tief Luft. »Oder er holt seine Pistole aus dem Versteck.«

»Vielleicht hat er ja auch ein Gewehr!«, flüsterte Peggy und presste die Fäuste auf den Mund.

Der Polizist hob wieder die Hand und klopfte. Wieder warteten sie. Wieder passierte nichts. Da tippte der bärtige Polizist Bimbo auf die Schulter und bedeutete ihr und Frau Dr. Björnson, ein paar

Schritte zurückzugehen. Dann nahm er Anlauf und trat die Tür einfach mit dem Fuß ein. Die Tür flog auf und der andere Polizist zückte im gleichen Augenblick seine Pistole.

Dany sah, wie er sie entsicherte. Dann, nachdem sie sich mit einem Blick verständigt hatten, drangen sie ins Haus ein.

Bimbo und Frau Dr. Björnson blieben zurück. Hilflos schaute Bimbo sich nach den anderen um. Molle streckte sich auf die Zehenspitzen und winkte. »Bimbo ist kreidebleich«, flüsterte sie. »Ich wette, sie hat wahnsinnige Angst.«

»Klar, hätten wir doch auch«, sagte Peggy. »Ich beneide sie jedenfalls nicht. Stellt euch mal vor, wenn sie dem Typen nachher gegenübergestellt wird. Man weiß doch gar nicht, was für eine Wut der dann hat!«

Von außen sah das Haus immer noch irgendwie friedlich aus. Obwohl Dany sich fast die Augen aus dem Kopf guckte, konnte er nichts Verdächtiges entdecken.

Die beiden Polizisten blieben unheimlich lange weg.

»Vielleicht ist ja wirklich keiner da«, sagte Molle nach einer Weile. »Vielleicht durchsuchen sie jetzt das Haus vom Keller bis zum Dachboden und finden nichts.«

»Womöglich ist der Kerl mit den ganzen ausgestopften Viechern in der Nacht abgehauen. Vielleicht hat er gewusst, dass die Polizei heute kommt, nach dieser Geschichte mit dem Lasso.«

»Vielleicht. Vielleicht«, murmelte Peggy. »Immer bloß vielleicht. Warten wir doch einfach ab.«

Sie warteten eine Ewigkeit. Dany schaute alle zehn Sekunden auf die Uhr und stellte fest, dass immer nur ein paar Sekunden vergangen waren. Er konnte es nicht fassen, wie langsam manchmal die Zeit verging. Aber dann passierte etwas!

Sie hörten Schreie, Fußgetrampel, ein Fenster flog auf und eine Scheibe ging klirrend zu Bruch.

Und dann fiel ein Schuss.

Und dann war es still.

Molle sackten die Beine unter dem Körper weg. Langsam, ganz langsam rutschte sie mit dem Rücken am Zaun entlang und blieb in der Hecke sitzen.

Peggy hielt die Hände an die Ohren. Sie machte einen ganz verstörten Eindruck. »Können wir nicht abhauen?«, flüsterte sie ängstlich. »Wir können uns doch im Polizeiauto verstecken.«

»Jetzt? Bist du wahnsinnig? Ausgerechnet wo es so spannend ist?« Dany tippte sich an die Stirn. »So etwas erleben wir vielleicht nie wieder! Und da willst du dich verstecken?«

In diesem Augenblick erschien Dickie. Er hatte die Hände über dem Kopf erhoben und war im Gesicht ganz grün. Er blinzelte ins Tageslicht und stolperte über die Stufe nach draußen.

Die beiden Polizisten folgten ihm. Der eine hatte seine Pistole im Anschlag.

»Weiter!«, befahl er. »Gehen Sie noch drei Schritte weiter und bleiben Sie stehen.«

Dickie gehorchte. Er fluchte, und er spuckte verächtlich auf den Boden, aber er gehorchte.

Der bärtige Polizist nickte Bimbo zu. »Du kannst ruhig näher kommen. Schau ihn dir ruhig an.«

»Das ist nicht nötig«, meinte Bimbo leise. »Ich weiß schon Bescheid. Ich kann ja alles sehen.«

»Ist das der Mann, den du heute Nacht im Teufelsmoor beobachtet hast?«

Bimbo nickte. »Ja, das ist er«, antwortete sie.

»Und du bist ganz sicher? Kein Zweifel?«

Bimbo schüttelte den Kopf. »Kein Zweifel.«

Der Mann begann plötzlich fürchterlich zu schreien. »Schiebung!«, brüllte er. »Schweinerei! So etwas darf man mit einem ordentlichen Bürger dieses Landes nicht machen! Ich werde mich beschweren! Ich werde Anzeige erstatten! Ich bin ein unbescholtener Bürger!«

»Sie haben ja nicht einmal richtige Papiere«, erwiderte der Polizist ruhig. »Ihre Papiere sind von A bis Z gefälscht. Außerdem sind Sie noch kein Bürger dieses Landes, sondern noch Australier. Werner, hol die Handschellen.«

Werner entfernte sich. Als er an den dreien vorbeikam, flüsterte Dany: »Wer hat da drinnen geschossen?«

»Der Typ«, gab der Polizist zurück, »der hatte sich in dem einen Raum verschanzt. Der Junge hat ein rabenschwarzes Gewissen, so viel ist klar.« Er zwinkerte Dany zu, ging zum Wagen, holte die Handschellen und kehrte zurück.

Die Handschellen klickten.

In dem Augenblick erst entspannte sich Bimbo. Während der ganzen Zeit hatte sie voller Panik geglaubt, es würde irgendetwas Fürchterliches passieren. Auch Frau Dr. Björnson wirkte erleichtert.

»Gott sei Dank«, flüsterte sie.

»Und jetzt«, sagte der bärtige Polizist, »zeigen Sie uns, wo Sie die Eier versteckt haben, die Sie aus dem Horst geraubt haben.«

Dickie spuckte auf den Boden. »Ich sage nichts. Sie können mir nichts beweisen.«

»Wir können Ihnen viel beweisen. Dieses ganze Haus steckt voller Beweise, wie Sie wissen.« Er nickte Frau Dr. Björnson zu. »Ich schlage vor, Sie gehen einmal auf den Dachboden, da werden Sie ausgestopfte Tiere finden, die seit langem unter Artenschutz stehen. Und ich wette zehn zu eins, dass der Mann die Tiere nicht zufällig gefunden hat. Solche Tiere liegen nicht irgendwo auf der Straße. Also los, Mann, was haben Sie mit den Eiern gemacht?«

»Die sind schon abgeholt«, brummte Dickie. »Die kriegt ihr nicht mehr.«

»Wann und von wem abgeholt?«

»Von meinem Partner. Die sind schon auf dem Weg nach Saudi-Arabien. Der Kunde dort lässt sie ausbrüten von einem gezähmten Falken-Pärchen. Der Kunde versteht seine Sache, keine Angst, den Eiern ist nichts passiert.«

Frau Dr. Björnson starrte den Mann entgeistert an. »Nach Saudi-Arabien? Sie haben die Eier nach Saudi-Arabien gebracht? Sie müssen ja wahnsinnig sein!«

Dickie verzog verächtlich das Gesicht. »Ich bin nicht wahnsinnig. Oder würden Sie einen Mann für wahnsinnig halten, der zwanzigtausend Dollar für zwei lausige Seeadler-Eier kassiert? Ich müsste ja blöd sein, wenn ich so einen Auftrag nicht annehme.«

Dany wurde blass. »Ich könnte ihn mit meinen bloßen Händen erwürgen«, zischte er.

Frau Dr. Björnson schien es ähnlich zu gehen. »Und der andere Adler? Den Sie gestern fangen wollten? Der kranke Adler, der operiert worden ist? Wie viel hätten Sie für den gekriegt?«

Dickie lächelte. »Das möchten Sie wissen, was, Sie blöde Vogelschutztante. Aber das sage ich Ihnen nicht. Sonst zweifeln Sie noch an Ihrem Job. Jedenfalls so viel, dass ich mir mindestens einen Porsche davon kaufen könnte. Mindestens einen!« Er spuckte vor Frau Dr. Björnson auf den Boden und drehte sich zu dem Polizisten um.

»Und jetzt will ich in meine Zelle. Und einen Anwalt. Ich kenne meine Rechte.«

Die Polizisten führten ihn ab.

Sprachlos folgten Dany, Molle und Peggy.

»Ich glaub, ich träume«, flüsterte Peggy. »So einen widerlichen Kerl habe ich in meinem Leben noch nicht gesehen.«

Dany grinste. »Ich schätze, die werden jetzt dafür sorgen, dass du den auch so schnell nicht wiedersiehst.«

»Wird man den wegen so etwas zu Gefängnis verurteilen?«

»Müssen wir die Polizisten fragen. Weiß ich doch auch nicht.«

Die Polizisten fuhren mit Dickie weg und Frau Dr. Björnson kutschierte die vier zum Süderhof zurück. »Kinder, mir ist noch ganz übel«, sagte sie. »Ich glaub, ich brauch dringend einen Schnaps.«

»Mein Daddy hat sicher einen«, meinte Bimbo.

»Gut.« Frau Dr. Björnson fuhr immer wieder mit der Hand über die Stirn. »Was ich da oben gesehen hab – auf dem Dachboden –, das ist die ungeheuerlichste Sauerei! Ihr könnt es euch nicht vorstellen. Da arbeiten wir jahrzehntelang daran, die fast ausgestorbenen Tierarten wieder heimisch zu machen, und so ein Kerl kommt daher, schießt die Tiere ab, stopft sie aus und verkauft sie an irgendwelche Leute irgendwo auf der Welt.«

»Werden sie ihn einsperren?«, fragte Peggy.

»Bestimmt. Schon deshalb weil er gefälschte Papiere hat. Und unerlaubt Schusswaffen besitzt. Da kommen bestimmt noch eine Menge Sachen zusammen.«

Als der Jeep in den Süderhof einbog, kam ihnen Ben entgegen. Auf Bens Schulter thronte James Bond. Er mußte sich richtig in Bens Pullover festkrallen, um das Gleichgewicht nicht zu verlieren. Ben hatte einen schaukelnden Gang, wenn er sich beeilte.

»Hallo!«, schrie er. »Ich hab James Bond was Neues beigebracht! Hört mal!« Er blieb stehen und schaute James Bond, der mit seitlich geneigtem Kopf auf seiner Schulter hockte, mahnend an. »James Bond. Jetzt sag, was ich dir eben beigebracht hab.«

James Bond knirschte ein bisschen mit dem krummen Schnabel, reckte den Hals, flatterte mit den Flügeln und hüpfte hinter Bens Kopf auf die andere Schulter. Dann kreischte er plötzlich los: »Quatschköpfe! Auf dem Süderhof sind nur blöde Quatschköpfe!« Ben strahlte. »Das hab ich ihm beigebracht!«, rief er. »Ich ganz allein!«

Bimbo ging zu ihm und wuschelte zärtlich seine Haare durcheinander. »Einem anderen wäre so etwas auch garantiert nicht eingefallen.«

»Garantiert nicht.« Molle streckte den Arm aus, um James Bond zu sich zu locken. Als James Bond auf ihren Arm flog, sagte sie: »Und du, James Bond, bist der größte Quatschkopf von allen.«

James Bond legte den Kopf schief und lauschte. Dann knirschte er los: »Ich bin ein Schätzchen, du Scheißerchen! Komm, gib Küsschen!«

Frau Dr. Björnson schaute sich verwundert um. »Geht das hier immer so zu?«

»Immer«, sagte Peggy strahlend. »Ist das nicht toll?«

Darauf fiel der Leiterin der Vogelschutzwarte allerdings keine passende Antwort ein …